7

Jul.

Moment *of* Epiphany

# 顿悟的时刻

张悦然 著

北京联合出版公司
Beijing United Publishing Co.,Ltd.

图书在版编目（CIP）数据

顿悟的时刻 / 张悦然著. -- 北京：北京联合出版公司, 2020.6（2020.9重印）
ISBN 978-7-5596-4243-1

Ⅰ. ①顿… Ⅱ. ①张… Ⅲ. ①小说创作—研究 Ⅳ. ①I054

中国版本图书馆CIP数据核字（2020）第079391号

**顿悟的时刻**

作　　者：张悦然
出 品 人：赵红仕
责任编辑：管　文
封面设计：郑元柏

---

北京联合出版公司出版
（北京市西城区德外大街83号楼9层　100088）
嘉业印刷（天津）有限公司印刷　　新华书店经销
字数115千字　880毫米×1230毫米　1/32　7.25印张
2020年6月第1版　2020年9月第2次印刷
ISBN 978-7-5596-4243-1
定价：46.80元

---

# 前言

这本书由两部分组成，第一部分探讨了小说写作中的一些问题，第二部分则围绕着五位国外当代作家及其作品展开。第一部分涉及了一些小说的方法和技巧，谈论起来不免言之凿凿，其实我也不确定它们是否会对写作有所帮助。带着再精良的装备上路，在写小说的时候也一样会迷失，那时候就会明白有些装备是身外之物，有可能还是负累，于是再把它们一件件丢弃。不过对于我来说，有时剩下的那一两样装备其实是陪伴，是朋友，它们是“荒野作业”生活中的一部分，就像谈论文学是作家生活的一部分。谈论不需要结论，也未必生成真知，甚至有时候使自己过于文学化，但是就如同每天打开房间的窗户通风一样，这是一种思想的对流，或者说，看起来接纳的是别人，其实是对自我的释放。所有文章中的论断，必然显示出我的种种局限，有的局限或许会在日后流变，化成另外样态的局限，有的则可能伴随一生，作为自我实践中的守持之物。作家与自我局限的相处是相当复杂的问题，若想自我安慰，可以说就像井底之蛙也可以将自己托付给头顶的一小块天空，既然它几乎花了所有时间去仰望它，希望在其中找到宇宙的奥义。

第二部分谈论了一些我近年读得比较多的作家，读得多是因为喜欢，因为机缘，还因为他们的作品在一定程度上回应了我写作中思考的问题。随着年龄的增长，生活难免会产生变化，阅读是其中相对恒定的部分，有时候并不是为了指导和启发自己的写作，单纯地，是一种度过生命的方法。阅读可以说比写作更接近日常的幸福，因为不用负担假装上帝的责任。我挑选的这些作家也许并不是文学史上最伟大的名字，但是毫无疑问，他们对于我都有着非凡的意义，而他们的当代性可能也是我相当在意的。从某种层面上来说，这里包含着自私的乐趣。

本书的第一部分产生于为《人物》杂志开设的写作课，

第二部分源自为“蜻蜓”音频平台所做的小说鉴赏课。另有一篇《门罗的晚期风格》是为“三联中读”的“我们同时代的文学”而写的讲稿。为了成书的完整和统一，我对它们进行了修改，但是仍旧保留了原文中一些口语，或者说是一种对话性。在这里要特别感谢《人物》杂志的余水，“蜻蜓”音频的郭亮，以及“三联中读”的普光子，她们的辛勤付出以及对文学的热忱，也凝结在了书稿之中。

感谢我身边的伙伴所给予的支持，其中最为重要的是那份坦率与诚实，虽然有时候，它们是我恨不得打碎的镜子。可是没有它们，我会迷失，不过我也会时不时地擦拭它们。

2020 年 2 月 25 日

# 目 录

# 第一辑

人物（一）：

## 情感的支点

很多人会好奇，是什么促使一个作家决定动笔去写一篇小说的。每个作家都有不同的答案。对我来说，我希望和小说里的主人公能够共情，也就是说，我在乎他在乎的事，我理解他的追求，我能充分体会到他的痛苦。我把这个称为“情感的支点”。作家通过情感的支点，将情感注入人物的身上，使它们成为人物身上的元气。有的时候，我们觉得小说里的一些人物很假，并不是作家没有对他们尽力，可他们看起来就是缺乏元气。

我们必须承认，我们总是了解一些人比另一些人更多。每天阅读社会新闻，我们会发现里面充斥着人间悲剧。人类悲悯的天性使我们能够去同情所有受苦的人。但是我们不是神，我们的同情不能均分，我们总是同情一些人比另一些人更多。所以对于另外一些人的痛苦，我们可能会表现得比较麻木，甚至冷酷。这就是我们的狭隘。但是很多时候，狭隘比包容更有力量，因为狭隘是激烈的，包容是温柔的。狭隘可以确立信仰，而包容却令人陷入怀疑和虚无；狭隘修筑起围墙，为我们建立自我的城邦；包容却要求我们拆去围墙，前往陌生之地。在写作中，我们既需要包容，也需要狭隘。

现在我们承认了自己的狭隘，承认了只能把感情放在一部分人的身上。为什么是这一部分人呢？或许因为境遇相似，比如漂泊异乡、事业上的挫折、情感上的背叛，也有可能在他们身上被揭示的情感，正是我们的情感暗面，自卑，虚荣，嫉妒，等等。还有一些时候，我们根本说不清楚为什么。因为情感不总是具备逻辑，而且事实上我们对自己的了解可能并不像我们以为的那么多。在我们对一个新闻人物和小说人物的理解之中，总是包含着对自己的发现。写小说的过程，也是发现自己的过程。情感的指南针指引着我们，表面上看起来，我们是在依循主人公的探险旅程前行，然而事实上，这同时也是作者认识自己的旅程。

举个例子来说，年少时候读名著，我遇见过两个爱玛。一个是《包法利夫人》里的爱玛，一个是简·奥斯汀《爱玛》里的爱玛。两个爱玛都离我的生活很远，要说起来，奥斯汀的爱玛离我略近一些，我们都没有涉入婚姻，对家庭生活一无所知，并且怀有憧憬。可是我却觉得更加理解福楼拜的爱玛，虽然无论从什么角度，我都不赞同她的选择。她自私虚荣，声名狼藉，一生就是一个悲剧，但是我却并不觉得她不可理喻。恰恰相反，在那种自我毁灭中所蕴藏的激情与能量，竟然是被我暗暗肯定的。在那个互联网还不普及、不能轻易找到自己同类的年代，我对她的同情曾经严酷地折磨着我，成为青春时代里一簇隐秘的恐惧。那时我就感觉到，当你理解、同情和接纳了那些违背了社会规范的人物时，你会感到一种道德的压迫。

今天这种道德压迫消失了吗？没有。恰恰相反，它似乎变得更加严重。主流价值督促我们做出安全的判断，政治正确帮我们筛选出一些完美无瑕但很无聊的主人公。他们犯最小的错误，如果可能的话，最好不要犯错，永远是被侮辱被损害的那一个，于是可以募集到最大的同情。在这样的时候，我们可能更需要“情感的支点”，它捍卫着作家的真诚。如果你接受它的指引，它就会为你屏蔽掉那些喧嚣的声音，帮你找到那些真正可以投入感情的人物，就算他是十恶不赦的罪犯也没所谓。

此外，“情感的支点”可以帮我们解决一个重要的困难，那就是我们不必只写我们熟悉的人了。事实上，所谓的“熟悉”是很可疑的。表面看起来，朋友、恋人和家人离我们最近，我们知道他们喜欢什么不喜欢什么，了解他们的背景，知道他们的追求，但这并不代表我们真的同他们之间具有“情感的支点”。恰恰相反，陌生、遥远的人，有可能因为一个“情感的支点”，和我们产生更加深厚和坚固的缔结。

我们的生活里有很多简单粗暴的对人的分类，比如身份、社会阶层。一个人属于什么阶层，他就应该具有这个阶层的行为特征、价值追求。有人希望作者更多地关注底层，因为他们的痛苦才是真正的痛苦，但是有的评论者又会站在另一边批评这样的写作，认为不了解底层的人，写出来的底层是居高临下的，始终带有优越感。作者本人也会受到暗示，下意识地把笔下的人物归入某个类别，好像获得了一个抓手。有时候这个抓手会有帮助，让你的人物看起来更真实。比如一个保姆独自在家，忽然有访客，还是一个外国人，冲着她说英语。没错，根据她的背景，她多半不会英语，所以你写道："她不好意思地冲着外国人笑了笑。"这可能听起来很真实，但同时它也是陈词滥调。你并没有揭露任何属于这个保姆的个人特质，到现在为止，她仍是一张纸片、一个符号。如果她是并不重要的角色，也许你可以这样蒙混过去，但如果她是一个主要角色，你就必须把她从你对阶层、身份的固化认知里解放出来。

当然，这并不是说，涉入一个完全不熟悉的人物的时候，那些对他身份、处境的调查研究是不必要的。它们非常重要。它们带给我们信心，为写作赋以血肉。对于一些写作者来说，用一种写论文似的方法来收集资料，好像有违写作理念，也有失艺术的神秘性。另一些写作者则试图把创作里科学性的部分和艺术性的部分分开对待。比如麦克尤恩，他写外科医生，要去观摩人体解剖；他写大法官，要深入地研究英国的法律；他决定写人工智能——这时他已经 70 岁了，他了解这个领域的难度远大于年轻作家，但他依然通过收集大量资料，以及对相应领域人士的采访，成功地完成了这次书写。关于资料收集，我认为当事人的口述优于影像、优于文字资料。在所有获取资料的途径中，采访可能是最有效的。见面会营造一个开放的场域，很多意想不到的东西会被召唤进来。而且在见面的情况下，对方的讲述像一种重现，能够使你更多地浸入你的故事之中。其次是影像。我觉得影像比文字要好，因为影像有很多留白，大多数时候，影像本身是中立的，没有更多的立场，这都会留给创作者充裕的想象空间。但是很多时候，我们无法通过前面两种途径获得所需要的素材，还是要诉诸文字资料。有些时候，写作者会淹没在文字资料里，因为真实的力量总是具有某种催眠作用，催眠掉了虚构的雄心。张爱玲早年生活经验非常苍白，依然可以写出如《倾城之恋》《金锁记》这样揭示复杂人性的作品。然而到了《秧歌》，张爱玲在序言里大声呼喊："这个故事是真的！"因为它是真的，所以它获得了逻辑的庇护，在挑剔真实的读者那里得到了赦免。可是为什么真实事件按照原样安置在小说里，就会显得失真呢？我们必须明白，小说有其内在逻辑，就像另外一个太阳系，它有自己的运行规律，致使小说的逻辑已经偏离了真实事件的逻辑。它们不再是同心圆了，你甚至不能根据真实事件的公式，推导出适用于小说的公式。小说的内在逻辑由什么决定呢？在我看来，就是作者的情感支点。情感支点有点像船锚，义无反顾地扎进水里，它决定了一个小说的向心力。

修改小说的过程中，作者有时会做很大的改变，但是我倾向于不去动摇情感的支点。因为它是作者进入这个小说的密码，是指纹认证或人脸识别。把情感支点去掉，作者就没办法进入这个小说了，想要完成的所有修改，都变成了一个读者对文本的指手画脚，因为作者根本不在小说的内部。此外，情感支点是我们当初决定写这部小说的重要原因，包含着巨大的激情。如果更动了它，可能会给我们带来一个疑惑：我们为什么要去写这部小说？

福楼拜之所以写了《包法利夫人》，也是源自一篇新闻报道。新闻报道里的事实是，一个因为偷情而破产的女人，最后吞砒霜自杀了。福楼拜当然没办法去采访故事原型里的那个女人，而且也许最初的时候，他甚至觉得了解包法利先生更多一些，因为包法利先生看起来离他更近，像是他认识的某个人。所以他从包法利先生的学生时代写起，看起来打算大干一场，但是很快笔锋一转，引出了真正的主人公——包法利夫人，爱玛。这部小说留给世人的最大疑问是，他为什么在开头花了这么多笔墨来写后来变得极为次要的包法利先生呢？哈罗德·布鲁姆认为《包法利夫人》是对《堂吉诃德》的重写，包法利夫人就是堂吉诃德，包法利先生就是桑丘。一个热衷于冒险，一个傻乎乎地追随，这种解读似乎不无道理，只是我们的这位“女堂吉诃德”从来没有“听见”过她身边的桑丘的任何话语。她的桑丘无法令她成长，而且是她极力想要摆脱的。这种摆脱里，似乎也隐隐透露出福楼拜对这个人物的不耐烦——夏尔在一个句子的工夫里，很干脆地死掉了。福楼拜显然对他失去了开头细致描写他帽子时的叙述热情。因此，我还是倾向于相信，最开始写这部小说的时候，福楼拜的确对包法利先生这个角色倾注了较多的感情，不管是因为他是作者比较熟悉的人，还是作者比较能理解的人。但是随着故事的发展，小说发生了巨大的偏移，重心渐渐落在了包法利夫人的身上。于是，他忘情地抛弃了包法利先生。

据说写这本书的时候，福楼拜曾打电话给他的朋友，对他的朋友说：“包法利夫人就是我！”这句神秘而癫狂的创作感言，在后世阐释出各种各样的含义。对我来说，它是对于“情感支点”的一种确认。你选择把情感支点放在那些和你连接最多的人物上，在创作中，很可能就会迎来这样一个时刻：你可以像福楼拜一样发出幸福的呼喊。那一刻，是你和你的人物灵魂重叠最多的时刻。不管小说最终的结果如何，对你自己来说已经完成了最充分的表达，可以开香槟庆祝了。

## 人物（二）：

# 敌人的馈赠

前面我们提到，写作中需要狭隘也需要宽容，我们所要做的是在狭隘和宽容之间寻找平衡。狭隘捍卫着我们与主人公的深厚情感，而宽容则帮助我们建立起那个围绕在主人公周围的世界，使之真实可信。

在面对小说中的众多人物的时候，我们应该时刻提醒自己，并没有那么多善与恶、对与错，有的只是不同的立场。好莱坞超级英雄式的电影里，随处可见那种以摧毁我们的英雄为唯一目标的大恶人，但是在伟大的小说里，这种恶人很少见。19世纪，在很多人还相信小说承担着教化功能的时代，我们还能找到一些，比如《双城记》里的厄弗里蒙地侯爵兄弟，《贝姨》里的贝姨和华莱丽。到了现代小说里，他们几乎销声匿迹。

前面我们提到，在一部小说里选择一个或几个人物作为主人公，并非因为他们比次要人物更善良和高尚，而是因为我们和他们的情感连接最多。然而，我们也应该让小说里的每个人物拥有自己的立场。这个立场是由他的出身、过往、情感和性格建立的，表现为他的诉求和欲望。这个立场越牢固，我们的人物就越有尊严，也越有魅力。

陀思妥耶夫斯基的《卡拉马佐夫兄弟》之所以成为最伟大的复调小说，正是由于它的任何一个声音都不能压倒另一个。它们势均力敌，谁也不能打败谁，因为每个声音的立场都很牢固，都在阐释一种存在的本质。罗洛·梅[1]曾在《爱与意志》一书里，用《圣经》里雅各与天使角力的故事来描述创造这一神秘的过程。雅各与兄弟以扫交恶，多年后欲还家与其和好。以扫恨意未平，带四百人迎击，雅各心有忧惧。会面的前夜，雅各一个人走到河边，陷入沉思。一个魔鬼忽然跳出来与他搏斗。他花了一整夜，终于战胜了魔鬼，但自

[1] 罗洛·梅（1909—1994）：美国存在主义心理学家。

已的大腿也受了伤。那个魔鬼其实是上帝派来的天使。这个漫长的夜晚，可以看作雅各所做的一次思想斗争。罗洛·梅认为，创作的过程就是一个天使人格与一个魔鬼人格的搏斗。最终若是想胜利归来，必须付出相应的代价。因此，创作的本质也就是与自我角力的过程。这个角力既存在于对艺术边界的超越，也存在于不同立场的交锋。

如果小说里的人物没有固守他的立场，就很容易被情节裹挟和卷走。情节不应该是一个个耳光，抽打着人物，让他从东到西，疲于奔命，然后把他赶去早已为他准备好的结局。我们使用情节，目的是展现和揭示复杂的人性。在情节的推演中，我们必须时时关注人物内心的需要。这个需要根植于他们的立场。在小说里存在着一种民主，即便是那些次要人物，也拥有他们的立场和诉求。

刚开始写小说的时候，为了让故事更清晰，我们会不自觉地把一些人物固定和简化，以便留出来更多空间给你的主要人物。但是我们会慢慢发现，那些被固定和简化的人物也开始移动，变得丰满和复杂。这些是从他们的立场和诉求里生长出来的。

这里我想举两个例子。第一个是理查德·耶茨的《革命之路》。《革命之路》里的主要人物是一对美国夫妻。男的叫弗兰克，女的叫爱波。弗兰克是公司职员，爱波是家庭主妇，两个孩子的母亲。30岁这一年，他们搬到了一个叫作“革命之路”的中产社区，过上了一眼可以望到尽头的庸常生活。可是这对夫妻非常自命不凡，觉得邻居全都滑稽可笑。他们幻想着可以去巴黎，过上一种艺术家的生活。在筹划离开的过程中，两个人的分歧渐渐产生。弗兰克没有爱波那么理想主义，对于是否要抛弃稳定的生活始终有点犹豫不决。随后，他获得了加薪升职的机会，上司好像对他变得很器重。他的内心变得更矛盾了。偏巧这时爱波怀孕，于是弗兰克借此为由，认为他们必须留下来。爱波却希望打掉孩子，继续他们的计划。但那个时候，堕胎并没有合法化，那么做是很困难的。弗兰克开始占据道德高点，攻击爱波想杀死孩子的念头有多么冷酷自私。巴黎的计划只好搁浅。幻灭的爱波，在一天目送弗兰克去上班之后，为自己实施了流产手术。这是相当危险的，她当然知道，但她不希望她的孩子来到这个黑暗的世界。最终她因大出血而送命，弗兰克则像是变了一个人，沉默寡言、失魂落魄，一个人带着孩子搬离了“革命之路”。

在这部小说里，耶茨以弗兰克的视角进入小说，他是第一主人公。也就是说，耶茨把情感支点放置在了弗兰克的身上。我们可以看出他对弗兰克的理解超乎寻常。弗兰克的自私、脆弱、虚荣与自负，他的那些隐秘的得意与失意，全部暴露在读者面前。我们可以谴责他，但是我们很难厌恶他。因为他和我们很像，我们在他身上认出了自己。而爱波则是弗兰克的反面，一种理想的化身。可以说，她更接近于一种精纯的理念、一种笼统的符号，她使弗兰克省察自己的生活，改变自己的思想，最终，她用她的离去摧毁了弗兰克。在很多小说里，这样的人物是主人公的一种寄托、一簇念想、一个彼岸，并未与主人公发生真正的交锋，因为他们既坚硬又脆弱。坚硬是因为他们是纯粹的、绝对的、没有杂质的；脆弱则由于他们没有完全化为肉身，没有纤细的神经，没有莫测的情绪和幽暗的内心小径。他们没办法和主人公——这个在小说世界里最有能量的人物较量，正如雅各不能和壁画上的魔鬼摔跤一样。当然，我们可以改换比赛规则，我们永远都可以说，壁画上的魔鬼通过某种无形的力量战胜了雅各。不过这样的摔跤比赛好看吗？

在这里，我们或许可以谈一谈村上春树小说里的“恶”。在村上春树的小说里，恶是理念的、抽象的。无论是《1Q84》

里的邪教，还是《刺杀骑士团长》里“二战”残留下的恶，无论它们是依托于一群具有魔幻主义色彩的小小人，还是一幅画作，事实上都是一种理念，没有血肉。恶的降临，更像天空中飘落下来的一道符咒，这导致村上春树笔下的英雄们，胜利得并没有那么艰难，因为这场战斗的关键在于辨识和理解恶。但是在村上春树的小说里，恶已经经过了认证，是带着如假包换的证书来的。有时候还自带一份说明书，告诉你如何把它打败，主人公只要照做就好了——《刺杀骑士团长》里正是如此。所以那些英雄并没有真正的成长。从很早的时候，村上春树开始建立英雄历险的小说模式的时候，他就意识到，他的英雄需要敌人。这个敌人还不能是因为私仇，那就太狭隘了。所以他开始在现实和历史里为他的英雄物色敌人。他招募到的这些敌人看起来块头很大，其实是空心的，不堪一击。或许是因为村上并没有真正理解那些敌人。他花了一些时间研究他们，但最终还是无法理解他们，这可能很令人沮丧，不过我们必须承认作家的天性各异，村上的禀赋显然并不在此。

让我们回到《革命之路》。这部小说的成功之处，正在于爱波这个人物没有被简化，没有成为功能性的人物。恰恰相反，她是极为有力的女性形象。因为耶茨在浸没于弗兰克这个人物的同时，也在捍卫爱波的立场，每时每刻关注她的需要，使她挣脱了标签和符号，成为一个血肉饱满、元气充沛的女人。小说用大量的篇幅展现两人之间的争吵，那些对话像激烈的对垒，写得非常精彩，因为他们都拥有完备的立场和充分的理由，谁也无法说服谁。我们读到的不仅仅是两个人物的冲突，同时也是两种价值观的碰撞。只有对手强大，才能凸现主人公的强大。爱波这个人物的强大，也使弗兰克的反抗更有力量。结尾的那个堕胎手术，预示着理想的流产，但它不是通过一种抽象的、象征性的叙述完成的，而是通过爱波这个女人，给自己换好衣服，用一堆管子和药剂为她那具鲜活的身体行刑来实现的。在这里，“理想之死”这个理念，有其依托，带来真切的剧痛。

另一个可以与之比较的例子，是约翰·威廉斯的《斯通纳》。和理查德·耶茨一样，约翰·威廉斯一生落魄，直到死后多年，他的作品才引起人们的广泛关注。对于习惯了圆满结局，或者起码要给一点心理安慰的大众读者来说，两人的作品太黑暗了，是对美国梦的彻底粉碎。也许这是他们无法在他们的时代被接受的原因。当那个时代已经过去，人们不是直接面对，而是去反思，接受起来就容易多了。《斯通纳》的主人公斯通纳是一个大学教授，他曾经兢兢业业，专注于自己的研究，然而学术生涯和婚姻的双重挫败，使他日渐消沉，郁郁而终。他的妻子伊迪丝，在这部小说里主要承担着摧毁他意志的功能。小说和耶茨的《革命之路》一样，也用了不小的篇幅展示夫妻之间的冲突，但是和《革命之路》里的爱波比起来，伊迪丝显得异常单薄。她缺乏自己完备的价值体系和诉求，摧毁主人公似乎是她人生唯一的目的。她是彻底的恶人。小说里从未有一个时刻，我们可以代入她的立场，去体谅她和同情她。其结果导致主人公也显得很被动，他的绝望变成一种自怜，试图博取读者的同情。当然，我们也能体会到斯通纳是作者约翰·威廉斯的绝对情感支点，他浸没得如此之深，叙述者和人物紧密地贴合在一起。这部作品的力量正在于情感的支点非常结实，作者押上所有的情感做担保，读者几乎没有办法不动容。整部小说，我们都在斯通纳的内部，它激烈而动人，但同时它也是狭隘的。它的狭隘来自单一的价值判断，也来自作者对于主人公的过度保护。

如果我们承认我们的主人公不是完美的，他的价值观当然一定会受到质疑和挑战。所以他需要"敌人"，但"敌人"

并非恶人。来自“敌人”的质疑和挑战是一种馈赠，它将会为主人公加深对自己的了解并做出改变提供契机，而我们所渴求的真理也总是在激烈的思想交锋中现身。

## 冲突（一）：

# 不稳定的关系

有一种小说，即便什么也没有发生，人物不曾行动，只是站在原地，依然显现出巨大的张力。这是由于特殊的人物关系所形成的图形，本身蕴藏着无穷的能量。爱尔兰作家威廉·特雷弗的《三人行》正是这类小说的范例。

在《三人行》里，一位老人和他已经过了嫁人年纪的女儿薇拉住在一起，有个叫西德尼的男人隔三岔五会来看望他们。西德尼其貌不扬，独居，在一家俱乐部工作。他总是来帮父女俩解决一些日常生活里的问题，比如修剪院子里的花草或是给地板刷油漆。他和薇拉的关系看起来有点奇怪，似乎彼此爱慕，但又客客气气，虽然父亲十分鼓励他们结合，但他们仍旧在拖延，我们感觉到好像有什么事隔在他们中间。随着小说的推进，真相一点点显现，两人相识于多年前的一桩凶杀案，死者是薇拉因病生活无法自理的妹妹，警察一度怀疑是薇拉因不堪忍受照料的辛苦而将其杀害，薇拉则声称案发时自己正在看电影，于是薇拉的律师登报寻找在电影院见过她的人。与薇拉素未谋面的西德尼出现在警察局，并为其做伪证，说他和薇拉正在约会，当时一起去看了电影。薇拉因此洗脱嫌疑，重获自由。

这个小说源自一种奇怪的关系的缔结。西德尼仅仅是从报纸上看到薇拉的新闻，就决定去录假的证词，像一个英雄只身前往去救他的美人那样。为什么呢？因为西德尼拿起报纸的那一刻，凭借一张像素很低的照片就认出了薇拉是他的同类，她身上散发着他熟悉的孤独和绝望的气味。那种绝望来自对生活的放弃，因此她杀死了照顾多年的妹妹，在决定去做伪证的时候，西德尼就已经洞悉了这一切。他们的认识正是建立在西德尼试图掩饰薇拉的罪恶之上，也就是说，这段关系建立在一种原罪之上——当他们面对彼此的时候，无时无刻不被提醒着他们是如何走到一起的。可以说，他们都是对方永远不想再见到的人。薇拉应该感谢西德尼吗？当然。

但是西德尼的慷慨相助似乎也经不起深究：一个孤独的人帮助了另一个孤独的人，并决定与之“同流合污”，这是否也是一种自救呢？是另一个对生活放弃了的人，所能抓住的全部的生活的意义？

薇拉洗脱了罪名，生活又继续，但是西德尼必须和她维持一种男女朋友的关系，因为薇拉的父亲还在，在法庭上，从西德尼承认自己是薇拉男友的那一刻开始，他们的戏就必须继续演下去。薇拉的父亲是观众，也是这段虚假爱情的监督者。因为这个父亲的存在，薇拉和西德尼被牢牢地绑在一起。这三个人形成了一个稳定的三角形，但它又异常脆弱。因为老人即将走向生命的终点，那个时候，三角形的一边就被撤掉了，另外两个人的关系也会崩塌。

这个小说在现在的时空里其实没有什么事情发生。作者通过三人平淡的日常生活，以及掩藏于其下的各自的心理活动，去展示过去的梦魇，也就是那桩杀人案给现在生活投下的阴影。同样的故事，剪裁的方式不同，它们所表达的主题就会不同。比如，故事的重点也可以落在薇拉、妹妹以及她们的父亲之间的关系上，在那个故事里，最重要的情节是薇拉杀死了妹妹，小说的主题更偏向于在亲情和自由之间所做的选择。它显得有些俗套，而且由于情节过于强烈，会给读者带来一种很虚假的感觉。不过特雷弗最终选择现在的剪裁方式，最根本的原因在于，这种剪裁可以表达他所想要表达的主题：人如何与自己的罪相处，如何在内心剧烈的折磨之下生活。西德尼这个陌生人的闯入，看似是拯救，事实上它不过是一场对薇拉的缓刑。在小说的结尾，特雷弗借人物的心理描写，揭示了这段关系的危险与脆弱：

“但是薇拉也知道，如果有一天父亲不在了，他们两个人都会令对方感到害怕。”

薇拉和西德尼为什么会害怕彼此呢？因为仰赖于这个蒙在鼓里的父亲，他们可以扮演他们需要扮演的角色，在这种扮演里，他们获得了善良的庇佑。一旦父亲不在了，他们的面具就被摘去了，不得不以真面目面对彼此，如同潘多拉的盒子被打开，横亘在他们之间的恶将会涌出来。

一段关系里的脆弱和不稳定性是非常迷人的。它之所以形成，是因为有人需要它。而它的脆弱是因为每个人的人性都在变化和移动，一个人往这边移一点，关系可能更稳定，往那边移一点，关系则可能崩塌，所以在这些关系里能够看到人物内心的摇摆和不确定。在我们的社会里，奇怪的人物关系由于不符合规范，必然会承受更多压力，付出更大的代价。可是为什么人们依然会缔结这些奇怪的关系呢？因为人有过剩的欲望，有被社会规范压抑的诉求。我们每个人，无时无刻不受到社会规范的约束，社会规范要求我们注重礼数，与人保持舒适的距离，主流价值要求我们注重自我形象，维护健康，通过持续的学习不断进步。这些当然都很正确，但是它也像一条机器流水线，剥夺了很多的自由。而文学并不承担让人归顺于社会规范的教化功能，相反，它时刻都在彰显人性的自由。因此，一个总是符合社会规范、永远不会越界的主人公是乏味的。正因为如此，我们需要特殊的人物关系，因为它为我们展示的是那些漫溢出社会规范的欲望和诉求。

现在让我们来设想一下，从别的角度进入《三人行》的故事。假设我们摆脱了前面所说的围绕姐妹二人和父亲展开的家庭内部的悲剧，那么最容易想到的一种构思是，男人在报纸上看到新闻，救下了涉嫌犯罪的女孩，但是有人发现了这段关系的隐情，揭穿了真相，最终两人掩盖的罪行公之于世。在这种构思里，导致两人关系瓦解的，是更强劲的外力，人物的主动性会减少，那些幽微复杂的皱褶可能无法得以展现。特雷弗倾向于相信，人是会自省和忏悔的，他用深刻的洞察告诉我们，在两人决定结盟的时候，他们之间的隔膜已经存在，这种隔膜来自身上未能消泯的善良。所以不需要一个外力让他们惊醒，因为他们根本不可能真正安宁度日。

不过被外力破坏以致真相暴露的情节，显然具有更高的戏剧性。事实上，东野圭吾的《嫌疑人 X 的献身》所讲的正是这样的故事。小说里的主人公石神和《三人行》中的西德尼有些相似，同样怀着对一个女人的爱和同情，决定挺身而出，帮她掩盖杀人的罪行。但是石神比西德尼走得更远、更决绝。他甚至不惜杀死另一个无辜的人，来混淆犯罪时间，帮助女主人公靖子脱罪。《嫌疑人 X 的献身》的读者很难不为石神的献身而动容。他唯一的愿望是靖子能够好好地生活下去，所以当靖子因为良心的折磨而供认了自己的罪行，致使石神所做的一切全都白费，石神在狱中所发出的哀号，令人心碎。毫无疑问，这是一个鲜明的、令人难忘的人物。但是仔细想一下，我们会发现石神的性格几近恒定，就像一台预先设置好了指令的机器，那道指令就是不计一切代价地去爱靖子。虽然当另外一个男人向她示爱的时候，石神难得地显露出嫉妒、占有欲这些人性里固有的弱点，但是这一切都还是因为那份爱。他不具有其他情感，有的只是对这份爱的种种反应。这导致他虽然表现得能力出众，步步为营，但在人性的层面上依然非常被动。他杀了一个人，将自己推向了罪恶的一边，这件事却并没有作用于他的心灵，对他产生丝毫的改变。小说从一开始就埋下伏笔，让石神注意到那些住在大桥下的流浪汉，他们就像蝼蚁，可以被轻易地从世界上抹去，根本不会有人在意。于是石神杀了他们当中的一个，而不是别的人，这当然是出于计划的需要。但是在小说里，那个无辜的人也的确显得微不足道，他的死亡的唯一意义，是使石神犯了罪。石神的生死才是我们所牵挂的事。在这里，我们似乎默许了一种价值序列：流浪汉的生命较石神的生命而言，是低等的、次要的。我们几乎等于承认，流浪汉的生活，比起为伟大爱情献身的男主人公的生活，是不值得一过的。当然，法律最终伸张了正义，但是很多读者依然站在石神一边，甚至会去责怪靖子自首，破坏了石神的奉献计划。我们为什么会产生和正义相悖的情感呢？因为石神的恶是被刻意忽略的，而善则被放大，被肯定和赞颂。这部小说里并没有真正的善恶较量，也没有反省、纠正和忏悔。当然，这些从来不是必须，也不是《嫌疑人 X 的献身》的主旨。毫无疑问，

《嫌疑人X的献身》是非常出色的推理小说，它和《三人行》的类型、主题、体裁都不相同，二者很难比较。不过《嫌疑人X的献身》或许可以带来一种启示：在大众小说里，人物往往会更加绝对和彻底，他们带给读者的情感体验是相对单一和纯粹的。很多时候，这正是其力量所在，也是我们动容的缘由。因为个体的稳定性，在大众小说里，人和人之间的关系也会更加稳定。在《嫌疑人X的献身》里，石神和靖子之间的关系一旦建立，就牢不可破，是整个小说的基石。

如果我们观察小说里那些复杂、不稳定的人物关系，会发现他们经常在扮演着某种并非自己的角色。比如《三人行》里，西德尼和薇拉必须在老人面前扮演一对恋人，这对恋人没有做过伪证，没有杀过人，仅仅因为彼此喜欢而在一起。他们乐于待在扮演里，因为他们所扮演的角色比自己的真实形象要美好。这个"扮演"与真实之间的落差，正是张力所在。在很多关系里，我们不能做自己，而是要去扮演某种人格，这个人格与真实人格之间有巨大的差异。它也会带来潜在的不稳定性——我们是否能够永远扮演下去呢？

在乔纳森·弗兰岑的《自由》里，作者一开始就向我们展示了女主人公帕蒂的生活。她是一个对家庭倾注全部热情的主妇：深爱丈夫，关心子女，对社区和邻居慷慨友善。但是孩子们违背了她的期望，而丈夫的朋友、她大学时曾爱过的男人再度出现，使这个看起来坚固无比的家彻底瓦解——帕蒂不管不顾地跟着那个充满艺术家气质的男人走了。当然，这是一次注定会失败的逃离，因为那个男人只是一种理想生活的化身，一旦靠近就会破碎。最终帕蒂回归了家庭，结尾的大团圆虽然甜蜜得使人无法消受，但它的确符合弗兰岑想要表达的主旨。弗兰岑用一个家庭为缩影，探讨了何谓自由、自由和现代人的关系。自由对人来说，是否一定是好的，自由越多，是否幸福就越多，还是只会导致迷惘和堕落？家庭剥夺了帕蒂的自由，所以她从中逃离。但是事实上，家庭对她所构成的巨大约束，并非来自其他家庭成员对她的限制，而是由于她在努力扮演一个理想的主妇。其实她的自我和所要扮演的人格之间有很大的落差。她不是被别人，而是被她自己搭建起来的形象给困住了。

这不正是现代社会的最大讽刺吗？现代社会所强调的进取心和好胜的性格，以及所给予我们的承诺：一旦我们扮演好某种角色，就会获得幸福，这些驱使着我们，甚至胁迫着我们，使我们投身于我们要扮演的角色。善解人意的妻子，殚精竭虑的母亲，为家庭而战的父亲，承担着父辈希望的儿子。现代社会的恐怖之处，正在于我们无法自行定义我们的幸福。我们的幸福是主流价值用量杯量出来、用小勺每日服食的一剂解药。因而我们没办法在任何关系里，舒展自我，张扬本性。从这一点上说，我觉得文学在当代社会的功能，具有某种荒蛮的天真。它一边探寻着新的文明，一边也在反对所有已经建立的文明。

冲突（二）：

# 魔鬼的名字

文学与心理学之间渊源已久——文学进入人物的心理，捕捉即时瞬发的心灵活动，心理学为文学提供了参考样本和建立在理论上的基础框架。另外，文学与心理学都兼具某种“解谜”的特质。毕竟，世间最为神秘之事，莫过于人心。

德国的心理学家海灵格，创造了一种治疗方法，叫作“家庭系统重排”。在治疗中，他找一些人扮演治疗者的家庭成员，或者对他产生过重大影响的人，这些扮演者以一种方阵的形式出现在舞台上。治疗者提供一些关于家庭成员的信息，其他全仰赖扮演者的感受。有的扮演者觉得，另外一个扮演者好像离他太近了，形成了压迫，还有一个扮演者感到左边的空缺让他浑身不舒服，像一个黑洞，总是使他忍不住把目光投过去。这种治疗方式，试图通过角色扮演，找到治疗者家庭系统里的潜在问题，也正是心理困扰的成因。已经去世的家庭成员，或是未能出生的孩子，也会出现在那个方阵里。海灵格认为，即便未曾谋面，所产生的潜在影响也可能是深远的。由于这些推理显得过于玄秘和宿命，并且永远无法得到证明，很多人质疑海灵格系统的真伪。不过它的生命力依然旺盛，在中国的拥护者也不少。为什么呢？首先，一个庄重的仪式会给人带来受洗一般的重生体验，更重要的是，人们通过某种逻辑，找到了心疾的成因。比如，一个家庭成员曾被暴力伤害，或是不公正地对待。人们想，哦，原来如此。他找到了根源，为一直困扰着他的莫可名状的疾病命了名。心理的慰藉，正是借助命名的方法，使我们得以和疾病所在的恶魔世界做正面的对抗。

我们之前提到的心理学家罗洛·梅认为，最可怕的魔鬼是那些没有名字的魔鬼，最大的恐惧来自我们并不知道恐惧的原因。疾病也是同样。一旦它被命名，得到确认，威力就变小了。这还让我联想到一个故事，就是《西游记》里的金角大王和银角大王。他们是师徒四人取经路上遇到的两个劲敌，但是他们有一个弱点，就是天真地、老老实实地回答了孙悟空提出的问题：“我叫你名字，你敢答应吗？”小时候读到那里，只是觉得很有趣。孙悟空依次问了金角大王和银角大王同样的问题，他们也因为同样的回答被收进了瓶子，这种重复所带来的某种仪式感，建立了一种催眠似的逻辑：一旦金角大王和银角大王确认了自己的名字，他们就失去了威力。现在我们依据罗洛·梅的理解，可以得出一种解释，那就是魔鬼最恐惧的是他们的名字被叫出来。因为他们作为超越现实的某种存在，最大的威力来自他们诞生于人类混沌的意识和对未知的恐惧。

我对证明海灵格理论的真伪没有兴趣，我对他的兴趣在于某种文学层面上的启示。很多时候，小说就在帮助我们的主人公化解心结，至少我们试图这么做，在一些光明的小说里，我们成功了；在一些黑暗的小说里，我们失败了。那个经过，正是小说陪伴主人公所踏上的精神旅程。和很多心理学家不同的是，海灵格用他者的表演来呈现治疗者的内心世界，在一个与他人所构成的矩阵里，洞悉治疗者无法驱散的困扰。这不正是小说所做的事吗？在小说里，人物的内心世界，也需要通过某种外化的矩阵得以展现。一味地进行心理剖析是无效的，我们必须借助其他人物在舞台上的表演，来揭示主人公的内心世界。在一种更加受到视角限制的小说里——比如说第一人称叙事，或者紧贴着主人公的第三人称叙事里，整个外部世界可以看作主人公内心世界的映照。我们为什么让他看到这个，而忽略那个，我们为什么让他深切地参与这段关系，却对另一段关系置身事外，这些都是根据人物内心的需要而安排的。

心理学的知识可以帮助作家走入人物的内心深处，也是走入我们自己的内心深处。我们既是医生也是病人，但我们是有私心的医生，因为我们所想要治愈的疾病，一定是和我们自己有关的。然而，我认为文学与心理学的不同之处，正在于“命名”一事上。文学不是“诊断”，也不是“祛魅”的过程。文学是魔鬼最为活跃的一块领地，在这块领地里，魔鬼仍旧保持着他们的威力，也是他们的魅力。还记得前面说的雅各与天使角力的故事吗？雅各打败了那个可能是天使也可能是魔鬼的人，那人临走前，雅各问他的名字，他回答：“何必问我的名？”然后他给予雅各祝福，便离去了。前面我们说，这个过程可以被看作文学创作里，个人与潜意识角力的过程，有些时候，我们可能会赢下这一轮，但是并不代表我们可以唤出那个魔鬼的名字。如果说海灵格的理论可以分为两个步骤，第一个步骤是搭建某个舞台，用他者的扮演外化治疗者的内心世界，第二个步骤是治疗者依据这个过程，找出心理疾病的成因。我认为，第一个步骤是属于文学的，第二个步骤则不是。在文学里依循单一逻辑，寻找到某种心结的成因，将这个人物、整个文本拴束在这个原因之上，有时候是危险的。不可否认，弗洛伊德对于现代作家的影响极其巨大，甚至可以说，他帮助小说家从一个更深的维度上探究人物的心理世界。但是在某些时候，作家过度依赖弗洛伊德，抓住他的理论作为解释人物心理的唯一凭借，由此建构起来的人物显得过于简陋。

村上春树就是深受弗洛伊德和荣格一派心理学影响的作家。日本心理学家河合隼雄是他的好朋友，在他们合著的对话录里，村上把自己交托给他的朋友，试图用一些集体、社会事件的发生及其影响，来解释自己所创作的作品，比如东京的地铁爆炸和关东大地震。他对找到自己潜意识的动因，充满执着的兴趣。前面我们曾说，他在小说里，广泛地使用了“英雄历险”的神话模式，同时，他也将这种外部的历险与主人公的精神旅程所对应。外部历险使主人公的内心困境得到解决。村上相信，事出有因，而且通过那个结果必能找到一个导致它的原因，因而他的小说总是带给我们心灵的抚慰。某种程度上，我们等同于海灵格的治疗者，在经历完惊心动魄的仪式之后，终于找到了心病的诱因。于是我们终于可以放下了，因而感到释然。然而，有时候村上的确也有过度依赖心理分析的倾向。

在《刺杀骑士团长》里，有一个章节叫作“隧道”，讲的是主人公小时候因为意外失去妹妹，导致他对于幽闭的环境产生极度恐惧。当它作为独立的故事，发表在《纽约客》上的时候，几乎可以作为一个动人的短篇小说来阅读。但是放在这部长篇小说里，它的功能性非常明确，用以阐明主人公的心结是什么。最终主人公在历险中所面对的最大考验，并不是如何打败敌人，而是如何战胜自我的恐惧，钻进幽闭的洞穴，泅渡黑暗的隧道，然后重新返回现实世界。但是在这个故事里，主人公的幽闭恐惧症显得孤立于他的人格存在，并没有造成特别大的现实困扰。按理说，他自己对此并没有洞察，但是为了呼应后面的情节，村上必须让主人公把它提前讲出来。这会使我们产生一种感觉，是因为村上需要一个与外部历险所对应的精神成长，并且他需要给这种精神成长找到一个病的症结，因而才设置了那条隧道，还有那个妹妹。然而，那条隧道显得有些简陋，无法担当一部长篇小说里主人公应有的丰饶的精神世界。

在这里我们或许可以引入一个有点相似的文本，它来自另一位醉心于心理分析的艺术家——希区柯克。在《迷魂记》当中，男主人公原本是警察，在某次追捕凶手的过程中得了恐高症。和《刺杀骑士团长》相似的是，主人公在很长一段时间里，几乎忘记了这种疾病的存在，直到它再次现形。当主人公深爱的女人奔上钟楼，以从高处坠落来了结自己的生命时，主人公竟然因为恐高症，被拦在那些楼梯之下，无法赶上去营救他的爱人。他对此充满自责，直到他偶然遇到了一个和他深爱的女人长得一模一样的女人。随后他发现了这其中的阴谋，他的朋友想要杀死妻子获得遗产，就找另一个女人扮演他的妻子，假意聘请主人公做私家侦探，让其密切关注自己的妻子，在男主人公对这个虚假的妻子渐渐沉迷的时候，又让她在主人公的注视下自杀。事实上，由于主人公的恐高症，他没办法看到高楼上所发生的事。那个时候，扮演者已经被他朋友真正的妻子所替换，真正的妻子被从高楼上推下。因为主人公深受打击，无法去直视死者的脸，但同时，作为一个不合格的在场者，他草率地证明了坠楼者死于自杀。当他一点点揭晓真相，他意识到，他的恐高症被作为一种弱点利用了，导致他成为这起谋杀的帮凶。最终他带着那个扮演妻子的女孩重新踏着陡峭的台阶走上钟楼的顶端。他通过这种重演，既在惩罚这个蒙蔽了他的女孩，也为了使自己从悔恨中解脱。但是最终，这个女孩承认自己罪行的方式，是纵身一跃，从高楼上跳下。

到了这时，我们几乎确信女孩爱着主人公，而主人公所爱的，并不是真实的朋友的妻子，而是女孩所扮演的妻子。可以说，主人公再度失去了心爱之人。电影的结尾，他登上了钟楼的顶端，终于敢于俯瞰地面，凝视深渊。我们当然可以说，男主人公克服了他的心结，但是这个胜利看起来并没有那么鼓舞人心，因为在克服这个心结的过程里，主人公内心更大的暗面被揭示出来，或者说是一些被激发出来的恶意。他用一种扭曲的方式，惩罚着那个欺骗他情感的女孩，最终摧毁了她的意志，导致她的自杀。我们感到难以言喻的恐惧，因为一个更有威力的魔鬼在主人公的身后出现了，而我们并不能唤出他的名字。

比较《迷魂记》和《刺杀骑士团长》，我们会发现希区柯克没有村上春树那么单纯，他看到的那些心结也并不指向单一的成因，它们不是阑尾，找到其所在位置，割掉就一劳永逸了。而他看到的那些魔鬼，更多是尚未被人类命名的。艺术的职责正是发现和了解他们。好在他们是无穷无尽的，要是有一天，魔鬼都像图书馆书架上的书，或者医院科室那样分好了类，文学也就没有必要存在了。

## 情节（一）：

# 内心的共振

小说的情节有别于剧本的情节，剧本很多时候可以从结局倒推，在前面添置可以推导出结局的情节。小说有时候也会这么做，但小说的情节更像一条河流，从发端地经过上游，来到下游。而这条河流之所以朝下游而去，其势能来自主人公的内心诉求。情节是主人公的贴身衣服，带着他的体温。只有当它与人物的内心形成共振，这个情节才会彰显出丰富的意义。有的时候，情节不一定是一个外部事件，而是主人公内心的震动。一个微不足道的细节，如果对主人公带来冲击和改变，它也可以变成重要的情节。

让我们以契诃夫的《带小狗的女人》为例，探讨一下这种微小而剧烈的情节。事实上，契诃夫对于现代小说所产生的重要影响，正在于他总是关注人物内心的微妙变化。《带小狗的女人》里，男主人公是一个有家室的男人，他在一个度假胜地遇到了女主人公——一个带小狗的女人，两人成了情人。男主人公之前也有过不少情人，所以并不怎么把这种艳遇当真，度假结束，他回归原来的生活里，女人则住在另一座城市，两人关系就此中断，按说也很符合男主人公的心意。可是男主人公却不断回味那段感情，有一天晚上，他和朋友从俱乐部吃完饭出来，忍不住想跟朋友聊聊那个女人，朋友却恍然大悟地说："方才您说得对：那鲟鱼肉确实有点臭味儿！"男主人公感觉很沮丧，因为对方完全不可能分享他的心事、分担他的思念。接下来，他就动身去另一座城市找那位"带小狗的女人"了。他们又在一起了，但这并不意味着爱情打败了一切，结尾停留在男主人公只是知道，他们还有很多困难要面对，无论结果如何，他知道这种煎熬都会持续相当漫长的时间。

我们感觉到男主人公被这段感情困住了，虽然一开始他觉得自己完全能够避免这种纠缠。重要的转折就发生在朋友对他说了"鲟鱼是臭的"之后。男主人公心理产生了变化，因为无法分享自己的秘密，他感到很孤独。同时，他意识到这就是他的生活，而这种生活，就是在谈论鲟鱼臭不臭的问题，它对男主人公来说，忽然变得毫无意义，不堪忍受。在这个转折之后，男主人公后面被困住的感觉才变得更加强烈，因为之前这种毫无意义的生活，是他认为不值得一过的，所以他走投无路，除了面对这段爱情带给他的痛苦再也没有别的选择。

契诃夫笔下的人物经常有这种惊醒的时刻，忽然对眼前的生活有所省察。这种省察未必有用，但是因为这种省察所带来的冲击如此强烈，以至于无法被作为读者的我们忽略。就算结果证明主人公的省察并无用处，他还是回到了原来的生活轨道上，但是因为那个惊醒时刻作用于读者心灵的力道很重，无法撤销，所以最终的结果反倒没有这个惊醒来得重要。契诃夫的另一篇小说，或许更能证明这一点。那篇小说叫《熟识的男人》。女主人公万达是一个妓女，一次病愈出院后身无分文，她想置办行头，便决定去找她的一个客人芬凯尔要点钱。芬凯尔是牙医，她去找了他，但不好意思直接说是来要钱的，就说自己是来拔牙的。牙医根本不记得她了，也没有给她开口的机会，就撑开了她的嘴，开始给她拔牙。

等她最终说出来意，牙医表现得很冷酷，反倒让她支付医药费。她从牙医那里出来，走在路上，意识到自己再也不能忍受这种侮辱，这样的日子过不下去了，必须改变。但是接下来，我们发现生活照旧，她又回到了跟男人应酬的场面，而且并没有什么不情不愿，故事就这样结束了。最后的这个转折当然部分消解了前面的领悟的意义，让我们认识到领悟归领悟，但让一个人离开先前的生活轨道是很困难的。如果没有那个领悟，后面回到原来的生活轨道上，也就不再那么意味深长。所以女主人公的那份领悟承担了小说意义的构建，甚至是比最后的消解更加强烈的情节。

契诃夫还有一篇小说《吻》，讲述的是一位士兵有一次在一个驻扎地遇到一个女孩，这个女孩认错人了，就吻了他一下，之后这位士兵很难忘记这个亲吻，总是回味这个吻。他后来跟其他人去回忆这件事情，说起这个吻，他忽然发现把这件事情说完的时间那么短，他没有办法去描述这个吻作为生活中最美妙的事物，在他身上所产生的持续的作用。这位士兵和《带小狗的女人》里的主人公有些相似，试图通过重温美好的瞬间，让它取代眼前的生活，成为一种现实。但是现实冷酷地驳回了他的请求，他因此感到沮丧。英国评论家詹姆斯·伍德也分析过《吻》这篇小说里的沮丧，士兵无法让别人明白他自己的震动，一旦描述出来，美好的事物迅速在现实里生锈，变得庸俗，不再属于他自己了。在这个小说里，最重要的情节，并不来自那个弄错了的吻，而是落在了士兵最后所体会到的气恼上。因为这份气恼改变了他和眼前生活的关系。通过这份气恼，契诃夫向我们展示了一种人与人之间彼此隔绝的真相。

在当代小说作家身上，我们经常能感觉到契诃夫所带来的影响。比如说艾丽丝·门罗。她收录于《逃离》中的小说《激情》，叙述的是一个叫格雷斯的女孩跟未婚夫莫里婚期临近，在一次聚会上，莫里同母异父的哥哥尼尔出现了。尼尔是一个酒鬼，声名狼藉，其他人对他都很警惕，只有格雷斯被他吸引。当这个男人问格雷斯愿不愿意跟他出去兜风的时候，她甚至没对其他人解释，就跟着尼尔走了。尼尔开着车，带她到了一片树林里，因为醉得太厉害，他开不动车了，就移到副驾驶座，教格雷斯开车。他把方向盘交到格雷斯手中，让她去主宰他们的前路。他们将要去哪里呢，这段旅程的结果会是怎样？我们此时还不明了，但是通过移交方向盘这个意味深长的动作，我们可以知道，格雷斯将会获得选择的主动权。门罗是如何展现格雷斯的主动性的呢？她给了格雷斯一段独处的时间，那时男人在过量酒精的作用下睡着了，格雷斯停下车，在树林里走了一会儿。她的出逃，是由于对一种激情的渴望，可是到了这个时候，她意识到并不会有什么激情发生。因为男人已经心如死灰，他既不需要激情，也给不出激情。随后男人醒了，他们什么也没做，开车回去了。但是这个出逃已经发生，变成她和未婚夫莫里之间无法跨过的沟壑。他们的关系已经不能修复了。而格雷斯下车之后，尼尔开车继续行驶，车撞在桥墩上，他死了。表面来看，小说后半部分最强的情节是尼尔车祸身亡。事实上，真正呼应了格雷斯出走的并非车祸，那不是导致出逃终结的真正原因。真正的原因是尼尔什么也不需要、什么也不能给予的事实，而这个事实是通过格雷斯的一段心理活动揭示的。她意识到眼前这个男人已经失去了生的意志，在他身上寻求激情是不可能的。门罗这样写道：

她原以为那是接触的关系。嘴唇、舌头、皮肤、身体，还有骨骼上的碰撞。是燃烧。是激情。可是对于他们来说却完全不是这么一回事。就她此刻对他的所知，对他所了解的深度而言，那根本就是一场儿戏。

她所见到的是一个终结。就如同她是站在伸向远处——以及更远处的一片深黑死水的边缘似的。冰冷、毫无波澜的水。望着这样冰冷死寂发黑的水，她知道所有的一切也就是这么一回事了。

格雷斯认出的是死亡，与死亡的黑暗和永恒相比，激情显得轻佻和儿戏。所以我们会发现，男人的车祸没有那么重要，因为某种程度上，他已经是一个死人了。女孩预先知道了悲剧，最后的车祸只是应和了她的领悟。

当然，在另外的一些小说里，门罗也会使用外部事件作为重要的情节，即便如此，她依然会关注这个情节给主人公的内心带来什么样的震动。同样是车祸的情节，在她的另一篇小说《多维的世界》里，用法则极为不同。《多维的世界》是个非常残酷的故事：多丽嫁给一个情绪经常失控的男人劳埃德，在一次失控中，劳埃德把他们的三个孩子都杀死了，经心理医生诊断，他已经疯了，因而被送进了精神病院。照理多丽再也不想见到杀死自己孩子的男人了，但是多丽还是去探望了劳埃德，而劳埃德开始给她讲自己的一套理论，声称他们的孩子并没有死，而是在另外一个空间活着。这套理论给女人带来抚慰，只有相信这个，她才能忘记失去孩子的剧痛，眼下的生活才变得可以忍受。它就相当于一剂吗啡，多丽产生了依赖，所以不断去看望男人，听他布道般地继续讲述孩子们在另一个空间活着。直到有一次，在探望男人的路上，她遇到一起车祸，有个男孩受了重伤，马上要死了。她努力去救他，仿佛男孩是她死去的孩子，她获得一次重来的机会。小说结束在多丽用手按住男孩流血的胸口，鼓励他坚持住，救护车就要来了。在那个时刻，女主人公变得很强大，而且她被拉拽回了现实世界，不再躲藏于创伤和幻想之中。我们可以看到在这个小说里，车祸不是简单的悲剧事件，它同时承担着拯救女主人公的意味。故事前部的丈夫杀死孩子及结尾所目击的车祸，是支撑起整个小说的两个重要情节。前一个情节的功能是毁灭，后一个情节的功能是疗愈。门罗所关注的并不是情节给外部生活带来的改变，她只用了很少的笔墨去描述孩子去世、劳埃德住进精神病院以后，多丽独自做一个旅馆清洁工人的生活。她将大量篇幅用在展示多丽在创伤之后躲进幻想，依附于丈夫虚妄的理论而得以活下去。直到那场车祸把她惊醒了。她在救助他人的过程中，也在救助自己。对照来看，车祸在《多维的世界》里，远比在《激情》里承担的意义要重。这让《多维的世界》留给我们一种情节强烈的印象。事实上，在一个短篇的篇幅里，同时包含了杀人和车祸等恶性事件是很危险的，读者容易觉得故事刻意和虚假。但是《多维的世界》所关注的是女主人公的精神世界,作者试图探讨的是很多受过重创的人所要面对的困境。因此，情节的刻意性并没有影响读者的沉浸和共鸣。

不过我个人还是更喜欢《激情》。作为小说核心的那段女主人公的心理活动，是对某种存在本质的深邃洞悉，晦涩而神秘，使这篇小说显现出独特的魅力。

## 情节（二）：

# 顿悟的时刻

20世纪以来，小说由关注外部世界转向对人的内心世界的呈现和探究，在这个领域，小说显现出电影等其他艺术形式无法取代的特殊魅力。19世纪的小说及以前的小说比较习惯采用上帝视角，站在云端俯瞰众生，主人公穿过曲折的故事，这段生命旅程显露出某种意义。至于这种意义主人公本人是否懂得，并不重要，只要读者明白就好了，因为故事是讲给读者的，道理也是说给读者听的。那个时候的一些小说承担着教化的功能，惩恶扬善，净化心灵，作者将这些意图加之于主人公的命运之上。到了20世纪，随着科技的发展、宗教的衰弱、个人意志的崛起，读者不再信任一个俯瞰芸芸众生、无所不知的叙事者，对于硬塞给他们的道理，也感到十分不耐烦。上帝视角的叙事方式渐渐走向衰弱，作者和读者之间的契约关系发生了改变，变得更为平等。作者不再像造物主那样驱使着他的主人公，而是追随他的主人公，用他的视角审视他者，感知世界。他想表达的道理和彰显的意义，不再游离于故事，凌驾在文本之上。作者的消隐，致使主人公成为他的代言人，传达着他的思考。仅凭主人公的行动是不够的，搭建主人公复杂的精神世界，才能呈现更加深入的思考。顿悟正是精神世界被照亮的某个时刻，也成为转而探寻人类内心的小说体现其戏剧性的一种方式。

“顿悟”的概念来自基督教，乔伊斯将其做了文学化的改写。他借用笔下的人物告诉我们，一次顿悟是一个人物、一种形势或一样物体的本质的“一次突如其来的精神显现”。他的小说集《都柏林人》是对这一手法的全面展示，从而也使其他作家越来越关注那些灵魂净化的高潮时刻。而且顿悟特别适用于短篇小说，因为在有限的篇幅里，很难充分展示人物所发生的复杂改变，顿悟成为一种展现人物改变的高效而极简的方式。同时读者不必经过漫长的阅读跋涉，在短时间内，就能收获一份提纯的思想、浓缩的智慧。

在西方当代短篇小说里，顿悟的使用极为普遍。先前我们谈到的契诃夫的《带小狗的女人》《吻》和《熟识的男人》，主人公那些内心的转折时刻，都可以被看作一次顿悟。在上面三篇小说里，顿悟的内容主要是主人公对自身处境的一种发现和重新认知。但是有的时候，作者会让顿悟悄然地漫溢出主人公的个体边界，来到更广袤的思想领地。也就是说，通过顿悟所揭示的不再是个人处境的真相，而是某种更大的关于存在的真相。

首先，让我们来看看克莱尔·吉根的《南极》里的顿悟。小说的第一段是这样的：

> 每次那个婚姻幸福的女人离开家时总会想，如果和另一个男人上床，感觉会怎样。那个周末她决定试一试。那时正是十二月，她感到仿佛一道帘幔正垂下来，将过去的一年隔在另一边。她想要在自己还不算太老的时候试一试。她知道结果会令她失望。

看似平淡的叙述里隐藏了很多信息。我们可以知道这是一个关于出轨的故事，而且最终的结果，很可能一如女主人公的预料，“她知道结果会令她失望”。这个开头已经定下了某种下降的基调，注定失望，却只身前往。

随着小说的推进，女主人公在城里如愿以偿地遇到了有魅力的男人。他们在酒吧结识，穿过集市和教堂——教堂的钟声在远处颇有意味地响起，像某种警醒，但那时女主人公已经喝醉，迫不及待地奔赴她的欲望。她跟着陌生男人来到住处，那里弥漫着颓败而古怪的气息，但是作为某种非日常的陌生事物，它们变成了情欲的刺激。男人给女主人公做饭的时候，女主人公以一种扮演日常生活的方式，坐在沙发上看电视。电视里播放着探险者的南极之旅。随后两个人共度了美好的夜晚，第二天早上女主人公离开了，她到旅馆取了行李，给家人买好圣诞礼物。一切都很完美，用适度的放纵、无人知晓的越界作为对庸常家庭生活的小小反抗。现在她该回家了。可是那个男人又出现了，他谴责女主人公的不告而别，并且再次引诱了她。距离返程还有一些时间，女主人公又跟着男人回到他的住处，作为告别，他们又缠绵了一次。男人忽然从抽屉里拿出手铐，将女主人公铐在了床头上。女主人公挣扎反抗的时候，却被灌下了催眠的咖啡。当她再次醒来的时候，已经是早上。男人穿好衣服，准备去上班，跟她吻别的时候，告诉她他是爱她的，让她试着去理解。随即他走了，留下女主人公，手仍旧被铐在床头上。她拼命挣扎和呼喊，然而我们唯一知道的邻居，是一个耳聋的老太太，根本无法听到她的呼救。窗户被冷风顶开了，而身上的被子已经被踢到床下，她整个人暴露在酷寒之中，血液渐渐变冷。她放弃了抗争，恢复了平静。

小说的结尾，她想到了那些探险队员，想到了南极，想到了地狱。“南极”作为这个小说的重要意象，指涉着人类一切冒险活动。即便看到骨骸遍地，依然无法阻止人们前往，因为危险总是充满了难以抵御的诱惑。那么为什么会提到“地狱”呢，“南极”和“地狱”又有什么关系呢？在小说前面女主人公和男人的聊天中，也曾谈到地狱，女主人公说她不相信有地狱，还嘲笑了虔诚的修女。由此我们不难得知，作者认为人类贪婪地进行种种冒险活动，是因为他们没有敬畏之心，不相信有终极审判这回事。她对女主人公暗含一种严厉的审视，只有在最后一刻的顿悟之中，女主人公的认识才无限向她靠拢，达成了某种一致。那时女主人公已经跳出了自身的处境，不再为个人的安危而担忧，她想到的是整个人类所具有的一种本性。而这种认知的迁移和跳脱，是通过“南极”这一意象实现的。如果没有“南极”，女主人公从个人想到人类，将会显得突兀和刻意，小说的教化意味也会变得非常浓郁。这也是书写“顿悟”时需要警惕的事：顿悟必须从主人公的处境出发，必须是从她可以感知的事物漫溢出去。顿悟不是作者塞到主人公手里的小字条，也不是空泛的口号或者真理。

我们将会在下面这个例子里，加深对于“顿悟”的理解。这个例子是雷蒙德·卡佛的《大教堂》。有一天，男主人公家里来了一个奇怪的客人，是他妻子的朋友——一个年老的盲人。男主人公对妻子和一个盲人结下很深的友谊感到不解，也对盲人有种本能的反感，但妻子还是热情地招待了他。吃过晚饭，妻子开始犯困，在沙发上睡着了，只剩下男主人公硬着头皮和盲人聊天。电视机在一旁开着，制造着一些声音，好像在帮他们消除一部分尴尬。很多美国作家都反对电视所代表的大众媒体及庸俗文化，在这里，卡佛写到“电视机”也具有这样的寓意。它不仅勾勒了一种美国人的日常生活状态，那个干扰性的声音，也提醒我们注意是什么控制了人们的心智，扼杀了他们独立思考的能力。但是，随后电视机的作用发生了变化：电视节目里正在介绍一座大教堂。旁白的声音配合着影像，介绍着这座宏伟建筑的构造。盲人被吸引了，他询问男主人公教堂的外观是什么样的。男主人公努力描述，直至词穷。这时盲人说，不如你把它画下来吧，我把手放在笔上，跟着你的笔走，就能知道它长什么样了。于是，男主人公开始画，而盲人的手就骑在他的手上，跟着他前行。他们画了穹顶，画了柱子，盲人让他不要停，他们继续画，越画越流畅。有那么一刻，男主人公感觉是盲人在指引着他前行，他们渐渐离开了地面，飞上了穹顶。小说结束在盲人问男主人公感觉怎么样，男主人公回答，确实不错。

可以说，这是一个标准格式的“顿悟”小说，规范、简洁、精巧。如果说它有什么不足，就是它太标准了，几乎是为一次顿悟量身定做的小说，直指主题，没有任何多余的部分，对于熟悉这种范式的读者来说，可能少了一点意外。但是由于顿悟的内容拥有沉甸甸的思想含量，所以这个小说仍旧呈现出极高的艺术价值。首先，这篇小说讲的是男主人公生活中某个超越自身局限的精神性的瞬间，而这个瞬间竟然是通过一个他瞧不上的盲人完成的；其次，这篇小说也在讲现代社会里人与人沟通的困难。我们每个人在某种意义上都是盲的，都有自己的所知障，但是作者相信有那么一些瞬间，我们可以冲破屏障，在更高的层面上实现交流。我们甚至可以认为大教堂是巴别塔的隐喻，背叛了神的人们流落世间，使用各自的语言，彼此无法交流。然而我们依然有可能超越边界，爬上巴别塔，彰显出我们身上的神性。但是这些顿悟，是否都是男主人公所能想到的呢？他究竟明白多少呢？小说结尾他说的那句“确实不错”，就显得很神秘。他似乎若有所思，但是他究竟思考到了什么？那部分留白，需要读者通过自己的思考来填补。而读者的思考势必会漫溢出男主人公的思维边界，也会漫溢出故事的边界。这正是顿悟式小说的奇妙之处，顿悟使我们脱离了主人公，也脱离了以他为中心构建的小说。主人公是某种意义上的引路人，就像《大教堂》里的盲人，我们因他而踏上旅程，但是在最后时刻他却消失了。因为那个时候，他的声音和思考已经不重要了，我们被我们所抓住的意义带着飞离了地面，升入高空。从这个角度来说，《大教堂》或许也可以看作是在描述一种读者与作者之间的关系：我们怀着抵触之心进入文本，最终放下戒备，被带向精神世界的深邃空间，在那里与作者达成某种心灵默契。

谈到小说里的“顿悟”，有一篇作品怎么也绕不过去，就是乔伊斯《都柏林人》的最后一篇《死者》。男主人公带着妻子在一个下着大雪的夜晚，到他的姑母家参加一年一度的聚会。小说用大量的篇幅呈现了当晚的舞会和晚宴，形形色色的人物穿梭其中。男主人公颇为自我陶醉地发表了演讲，谈到他这一代人的野心与抱负，谈到不应该沉湎于记忆，徘徊于过往而停滞不前。他在聚会快结束的时候，才注意到妻子有些魂不守舍，原来是因为当晚有人唱的歌，使她想到了一个故人。他们回到旅馆，妻子讲起那段故事，在她还是一个女孩的时候，曾有一个男孩爱过她，当她要离开家乡的时候，男孩在她家外面的院子里站了一夜。后来妻子才知道，男孩回去之后得了风寒，不久就去世了。妻子睡着以后，男主人公一个人来到窗前，他意识到他所认识的妻子，已经是被那桩悲剧所改变和塑造的妻子。一切早已发生，他什么都做不了，那个死去的男孩将永远隔在他和妻子之间。随后，男主人公想到，我们活在一个死者建造的世界上。

他自己本身正在消逝到一个灰色的无法捉摸的世界里去：这牢固的世界，这些死者一度在这儿养育、生活过的世界，正在融解和化为乌有。

当他看到那些死者的存在时，此前他所认识的这个生者的世界的边界消融了，成为更大世界里的微小的一部分。随后的结尾一段，堪称最优美的散文体段落，乔伊斯让男主人公的视线越过目力所及，想象着窗外的大雪落在中部平原的每一寸土地上。

他的灵魂缓缓地昏睡了，当他听着雪花微微地穿过宇宙在飘落，微微地，如同他们最终的结局那样，飘落到所有的生者和死者身上。

在这里，男主人公看到的不再是生者与死者、现在与过去的对立，而是他们最终的会聚和统一。在这里我们再次看到，男主人公跳脱出眼前的个人处境——令他悲伤的爱情，将思考指向人类存在的本质。死者由单数的、具体的死者——那个男孩，变成了复数的死者，及至死者的整个世界。

我们会发现，在以上小说的顿悟时刻发生了一种奇妙的转化，个体作为某种象征，指向更广泛、更本质的事物。但是，具有象征意义的个体，却不能是笼统的、符号式的。《南极》里出轨的女主人公、《大教堂》里的盲人以及《死者》里逝去的男孩，他们都是被作为生动的个体来描述的。只有这样，读者才能完全浸没于叙事之中，无知无觉地完成转化，收获最终的那份意义。作者刻画的每一笔，都在约束人物，建立起边界。而到了结尾，作者所追求的却是最终边界消失的那个时刻，读者跨过人物，穿越故事，来到一片自由广阔之地。为引领读者抵达那里的使者，人物的使命已经完成，陷入了沉默。他们的意识就此熄灭，却并未终结，因为读者代替了他们，接过了他们所思考的问题。在小说结束的地方，读者将会在这个作者与自己共建的精神空间里，开启一场新的思想跋涉。

## 视角（一）：

# 较远的观察者

视角是作家观看世界的角度。它就如同阿莉阿德尼的线团，带领着读者穿行于叙事的迷宫，并最终从中走出来。我们仰赖于它才没有迷失，并且收获了一些意义。然而我们也受制于它，无法看到故事的另一面，又或者只能和一些有趣的人物擦肩而过。叙事视角这一概念在现代小说里的强调，正是出于一种承认世界之纷繁复杂，我们无法认识其全貌的谦逊，同时也是来自一种我们可以通过有限的故事碎片从更深的层面了解世界和他人的自信。世界是无序的，但是视角用其透明的强力为我们建立了一种秩序，它是作者意志的体现。

在19世纪以前，叙事视角还不是一件特别值得讨论的事。作者高高在上又拥有众多耳目，他可以自由地在诸多人物的脑袋里穿进穿出。进入人物的内心是没有成本、不费力气的事。想要统计在《战争与和平》里，托尔斯泰进入过多少人物的内心，是一个不小的工程。从拿破仑到一头狼，托尔斯泰随意更换着叙述者的坐骑，在他浩无边际的虚构王国里驰骋。我们很难知道，那头狼在呈现托尔斯泰庞大思想体系里承担着怎样的分工，但在读到"'后退还是前进？哦，豁出去了，前进！……'狼仿佛在自言自语，接着就不再左顾右盼，迈着轻松自如而又果断坚决的步子向前走去"的时候，却情不自禁发笑，怀疑自己掉进了爱丽丝的兔子洞。不过那头狼也许是《战争与和平》里唯一不用思考战争意义的生物，它那自由、轻盈、没有任何负重的心理活动几乎要令读者感激。即便是在托尔斯泰这样一个充满无穷力量的巨人那里，繁忙地穿梭于多个人物的内心，也显露出一些问题。《战争与和平》里，安德烈公爵和皮埃尔不约而同地在绝境中的某个时刻忘却了周遭的战争和个人的痛苦，思考起宇宙和生命的关系。安德烈公爵在战场上中弹后望着高远的天空和几片灰云想："除了这无边无际的天空，一切都是空的，一切都是假的。”同样是天空，被俘虏后的皮埃尔身处板棚之中，对着它产生了这样的领悟：“这一切都是我的，这一切都在我心中，这一切就是我！”仿佛高处的神明已经在天空中写好了此时应该阐发的领悟，这些人物只要抬头看着天空并把它们读出来就好了。他们的领悟总是那么迅疾和彻底，因为托尔斯泰早已替他们把想不清楚的部分想清楚，并且塞进了他们的头脑中。托尔斯泰把上帝视角用到了极致，也用到了尽头。他的写作被乔治·斯坦纳比作人和上帝在争夺权力。

现代小说伴随着“上帝已死”的怀疑前行，作家退回到人群之中，以更加平近的视角打量世界，讲述故事。当然这并不是说，上帝视角被彻底废黜，事实上，它的诱惑永远都在。波拉尼奥在他的巨著《2666》中正是使用了全知全能的上帝视角。但是如果说托尔斯泰的人物必须屈从于作者的思想，波拉尼奥的人物则必须屈从于作者泥沙俱下、气势磅礴的叙述。我们仍旧可以自由地进出多个人物的内心，但是我们涉入越多，发现自己对人物了解得越少。托尔斯泰的叙述是道强光，将人物的内心全部照亮，而波拉尼奥的叙述则是在人物内部点起的一根蜡烛，就像福克纳所说的那样，点燃一根火柴，我们只会感觉到它被黑暗所包围。当然，那些暗影也在离间着我们和人物的关系，我们跟他们永远不可能像跟托尔斯泰笔下的安娜、列文、皮埃尔和娜塔莎那样亲密。我们没法全然浸没于波拉尼奥式人物的情感之中，与之强烈地共情。或许可以这样说，现代小说作家没办法像托尔斯泰一样，既高高在上无所不及，又和他的人物亲密无间。

于是，现代小说家需要考虑他的叙述者和人物之间的距离。当然，这个距离并非一成不变，它像一个可以拉远或者凑近的摄影镜头，但毕竟需要确定一个架设摄影机器的位置。我们之所以选定这个位置，而不是更近或者更远，因为在大多数时间里，我们需要从这个位置观看人物。同时，我们必须承认，距离人物越近，观察范围就越小，当然也可以看得越发清楚、细致。而想要观察范围变大，就必须拉远距离，以便让更多人物入画，相应的代价是，我们需要和主人公隔开一定的距离，不能过度沉溺于他的情感世界，将他一个人无限放大，那样其他人物将会变成摆设，进而无法构成一个有机、自然的世界。波拉尼奥和科伦·麦卡锡是这种远距离观察中的佼佼者。他们继承和复苏了凋敝的上帝视角，使其作品呈现出恢宏的史诗气质。

在现代短篇小说的领域，这种远距离的观察者似乎更为少见。受制于有限的篇幅，观察范围如果太大，就会无法聚焦，失去叙述的中心。而且由于离人物太远，读者无法移情，感觉整个故事像一只没有马达的浮舟，漫无目的地漂荡于水面之上。不过，叙事距离的远近，很大程度上和作者的天性有关，并不全然是一种人为的选择。美国作家安妮·普鲁就将她那种置身事外的冷漠变成了一种风格。这种风格与她的叙事材料相得益彰，她将摄影机架设在美国西部荒凉广袤的土地上空，把寒冷的大风、坚硬的岩石以及那些与人类为伴或为敌的动物一并摄入镜头。要保留那种空旷的感觉，必须牺牲掉人物拥挤的心事。有趣的是，那本全部关于怀俄明州的小说集，取名为《近距离》，充满了反讽的意味。安妮·普鲁将自己那种疏离跳脱的叙述方式，定义为一种向人物的充分靠近。她似乎是在告诉我们，靠近可以以一种远离的方式来实现，因为人物与环境所构成的图景，正是他们内心的外化展示。

在安妮·普鲁的小说里，时间像个暴君，抓着衣领将人物拖拽向前。一个句子之间，已经过去半生。全部的生命意义，被浓缩在几个词组里。在《身在地狱但求杯水》里，她写道：

> 里面有两张木杆床，床垫是羊腹皮毛。一张给五个儿子睡，而在另一张床上，冰人很快让娜奥米怀胎，之后再怀一胎，紧凑得只够让女人喘息。加克森对母亲最生动的印象，是看着母亲在他与兄弟以铁刺网抓来的响尾蛇上倒滚水，微笑地看着毒蛇痛苦挣扎。

我们可以感觉到，从“只够让女人喘息”到“加克森对母亲最生动的印象”之间的巨大叙述空隙，以及暗含其中的时间跨度。当加克森思考母亲给他留下的最生动的印象是什么的时候，很多年已经过去，他已经长大成人，而母亲——根据下面一句话我们可以知道，跟着铁匠私奔了。这篇小说讲述的是冰人一家对另一个家庭的迫害。开始这段冰人家庭的背景介绍，就像为我们展示了一块贫瘠和酷烈的土壤，所以它会长出那么扭曲的树木，我们也就不足为怪。这些十足的恶人，在安妮·普鲁的小说里，是那种环境里再自然不过的造物。他们的“恶”是那个世界里顽韧生命力的一种体现。

安妮·普鲁既不同情他们，也没有谴责他们，她的绝对中立，彰显着一种质朴超然的世界观。事情就是这样，她告诉读者，你们得相信，他们就是这样一种存在。

在《断背山》里，视角的使用显得更为复杂，体现出作者的个人意志与风格意识。从小说的开头来看，安妮·普鲁使用的是主人公恩尼斯的视角，以他的回忆进入故事，讲述了他和杰克起始于断背山、长达20年的爱情。和她的大多数小说一样，叙述者与主人公保持着一定的距离，让叙述声音飘荡在人物的上空。

劲风吹过房车弯曲的正面，发出低吼声，狂风疾扫而过，他听得见细小砂石刮擦的声响。这种天气，不适合运马拖车上公路。这天上午他必须打包搬走。农场再度待价而沽，他们已运走最后一批马，昨天也已发薪打发所有人，主人说，“全送给没良心的房地产中介，我要走人啦”，说着让钥匙落在恩尼斯手中。他大可暂住已出嫁的女儿家，等找到工作再搬，然而他内心洋溢着快感，因为杰克·特威斯特昨晚现身他梦中。

安妮·普鲁细致地描述了外部恶劣的环境，却在最后一句笔锋一转，告诉我们，主人公对此并不在意，因为跟梦见杰克相比，这些烦恼显得微不足道。或者说，跟他所拥有的珍贵的回忆相比，现在的生活并不重要。紧接着，她用一种客观的、不带感情色彩的语调讲述两人的成长背景以及相遇。在随后很长一段时间里，我们将会忘记这是恩尼斯的视角。因为作者从未透露恩尼斯是如何看待杰克的。他们的对话也很少涉及对彼此的感情，当然，那也正是他们不想去面对的。但是，他们还是很自然地向彼此靠近，这种情感的渐进，是通过他们在严酷自然环境里的运动来呈现的。在旷阔的山地，两人以帐篷为家，吃豆子罐头度过漫长的夏天。在那里，人脱离了文明和秩序的藩篱，回到某种最初的状态，拥有的只是天然的情欲、纯真的爱。两人会相爱不只因为他们是恩尼斯和杰克，还因为他们身在断背山。断背山被赋予了一种象征的意味，某种意义上说，它就是两个人的“伊甸园”。

但是伊甸园的美好，总是在人们离开那里之后才会意识到。夏天过完，两人离开了断背山。安妮·普鲁重新续上恩尼斯的视角，展示他生儿育女的生活，然后杰克来访，两人重温旧情，但同时这也破坏了恩尼斯的婚姻。两人保持着每年见面、一起出游的习惯，这样过去了20年。呈现时间跨度的时候，安妮·普鲁以空间来写时间：

> 年复一年，两人的足迹遍及高海拔草地与山地排水区，骑马远赴大角山脉、药弓山脉，走访加拉廷山脉、阿布萨罗卡山脉、格拉尼茨山脉、奥尔克里克等南端，也到过布里杰－蒂顿山脉、弗黎早、雪莉、费里斯、响尾蛇等山脉，到过盐河山脉，多次深入风河区，也去过马德雷山脉、格罗文特岭、沃沙基山、拉勒米山脉，却从未重返断背山。

在这一连串详尽的地名罗列里，我们仿佛看到日历哗啦哗啦地翻过。他们一起去过那么多地方，但是同时我们感觉到，他们没有地方可以去。他们所做的只是逃离文明社会。因为在那里，他们没法处置两人之间的关系，也没法面对彼此所产生的炽烈感情。在之后的一次见面中，两人起了冲突，安妮·普鲁完全通过对话来呈现，并第一次向我们揭示了杰克怀有冲破藩篱与恩尼斯在一起的强烈意愿。我们此前竟然从未发现这一点，两人的这次见面不欢而散。随后，安妮·普鲁忽然跳出恩尼斯的视角，进入杰克的内心世界：

断背山上那年遥远的夏天，其中一段令杰克回忆、渴望起来既难以压抑也无法理解。当时恩尼斯朝他身后靠近，抱住他，以沉默的拥抱满足了某种共享而无关性爱的饥渴。

那个拥抱代表着某种超越激情的依恋，令杰克确信两人之间的爱情，但他同时指出，恩尼斯之所以不愿意面对面和他拥抱，是因为不想看到或感觉到他的拥抱对象是杰克。通过杰克的这段叙述，我们对恩尼斯有了更深刻的了解。他无法面对和杰克的感情，也无法面对真实的自己。和杰克相比，他更加被动和克制，也更加受到社会秩序的束缚。这里为什么要使用杰克的视角呢？因为杰克所发现的，显然是恩尼斯未能发现，或者说无法承认的。他当然不可能纠正他根本没能让自己认识到的事物。而这个真相正是两人不能在一起的原因。在这段杰克的陈述之后，安妮·普鲁回到恩尼斯的视角，让我们跟着他发现了杰克的身故。这一事实使前面杰克的陈述变得更有力量，也更具有悲剧性。那些话如同他临死之前萦绕心头的思绪，是一种告别的话语，但是它们未能抵达恩尼斯，恩尼斯永远不可能知道。然而好像又并非如此，当结尾恩尼斯在杰克父母家发现了杰克当年在断背山穿的衬衫，里面套着自己的衬衫时，宛如进入了杰克的内心世界。两件交叠的衬衫，正是对当年那个恩尼斯给他的深情拥抱的一种模拟。前文那段只可能属于杰克自己的心理活动，此时也投映在恩尼斯的心里。同时，它也使恩尼斯终于面对了真正的自我。

由于杰克那段心理活动，漫溢出了恩尼斯的视角，所以我们可以说《断背山》使用了多个叙述视角，更接近于一种上帝视角的叙事。但是为什么安妮·普鲁没有像在她的其他一些短篇小说里那样彻底使用上帝视角，而是尽可能地将叙事归于恩尼斯的视角之下呢？这和作者的叙事意图密切相关。安妮·普鲁所要讲的不仅仅是一个离开伊甸园之后的爱情故事，更为重要的是，她讲述了一个被社会和文明压制了天性的人发现自己的故事。如果我们没有跟随恩尼斯的视角，陪伴着他经历一切并最终有所发现，小说将会滑向纯粹感叹命运不公、斥责社会禁锢人性的浅薄立意。由此我们知道，现代小说从上帝视角转向使用固定叙述视角，也是出于一种发现以及从更深的层面挖掘、揭示人性的考虑。同时，视角的使用可以非常灵活，它并不是某种公式或者法则，作家手中的镜头每一刻都在调整，以便去靠近那些他们必须搞清楚的事物。

## 视角（二）：

# 被蒙蔽的心

毫无疑问，亨利·詹姆斯对于小说中叙事视角的发展具有卓越的贡献。他曾在为他的纽约版小说所写的序言里提出，在小说中，将视角局限于单一的“意识中心”，是完美形式的一个基本要求。这一主张成为小说叙事从传统的上帝视角转向限制性视角的重要拐点。亨利·詹姆斯用自己的作品做了很好的示范，我们能在其中找到各式各样的限制性视角，体会到它们所带来的叙事魅力。

《一位女士的画像》创作于亨利·詹姆斯写作生涯的早期，那个时候，他的视角理论似乎还没有完备地建立起来。然而，这部使用上帝视角来叙事的小说，已经具备了明确的

“意识中心”，为我们展现了亨利·詹姆斯向限制性视角转变的过程。小说围绕着一位跟随姨妈从美国来到英国的女孩伊莎贝尔展开，她先后拒绝了两位求婚者，表哥拉尔夫也对她疼爱有加，在其父亲杜歇公爵临终前，拉尔夫请求他将自己的一半遗产留给了伊莎贝尔。这份意外之财却给伊莎贝尔招来厄运，她在她所欣赏的梅尔夫人的诱导下，嫁给了不名一文的落魄画家奥斯蒙德。婚后不久，伊莎贝尔就发现她的丈夫虚伪而古板，并且试图扼杀她自主思考的能力，将她囚禁于无望的生活之中。随后，伊莎贝尔更是发现了丈夫与梅尔夫人的暧昧关系。但在小说结尾之处，伊莎贝尔并没有接受朋友们的建议，逃离婚姻，而是重返她和奥斯蒙德在罗马的家。她决定领受这份她自己选择的命运，无论是与之和解还是与之战斗，都是一种她早年所诚心诚意追求的“冒险”。

伊莎贝尔是这个故事的绝对中心，其他人物围绕在她的周围，或近或远地和她产生关联，在这部小说里，他们所唯一经营的“事业”就是对伊莎贝尔产生不同程度的影响。可以说，他们都是映照出伊莎贝尔内心某个面向的镜子。但是亨利·詹姆斯没有使用伊莎贝尔的单一视角——无论是第一人称，还是限制于伊莎贝尔的第三人称，他当然可以这么做，毕竟他主要的目的，是呈现伊莎贝尔丰饶的内心和宽广得几近无边的意识世界。然而亨利·詹姆斯使用的是多视角的叙述方式，伊莎贝尔作为主视角，有时叙述会从她的视角移开，进入次要人物的视角，向读者揭示一些伊莎贝尔无从知晓的事物。有两件对伊莎贝尔来说最重要的事，读者都是通过次要人物视角的引领所获知的：第一件事是拉尔夫在父亲弥留之际说服他将一半财产留给伊莎贝尔；另一件是梅尔夫人与奥斯蒙德见面，谋划让他通过娶伊莎贝尔获得其财富。这两桩次要人物谋划的事，读者从它们发生的时候就知道了，而伊莎贝尔却不知因由地接受了谋划的结果。

简单地说，对于为何天降好运和厄运，伊莎贝尔都蒙在鼓里，当然，正是那份好运导致了厄运，它们在伊莎贝尔看不见的地方，已经悄悄会晤，并结伴同行。这是一个对读者没有秘密，但是对伊莎贝尔来说充满秘密的故事。亨利·詹姆斯用这样一种写法，避免了刻意的情节反转，拿走了本可以给读者的所有悬念。当然，那些悬念本身也带来潜在的危害。等到最后读者才发现男主人公道貌岸然，所嫁非人，的确会受到震惊，但是在这种震惊里，最大的部分来自对命运弄人的唏嘘。一个小说最后只是想表达命运弄人是不够的，这是一个苍白的真理，是一个毋庸置疑的前提，小说应该关注的是人如何与弄人之命运搏斗。在《一位女士的画像》里，命运弄人吗？是的。因为伊莎贝尔追求自由，却选择了对她自由带来最大限制的一种可能。但是由于我们很早就知晓一切，把它们当作潜伏在伊莎贝尔四周的危机，所以我们关注的主题不再是命运如何捉弄了伊莎贝尔，而是在她必然地走入圈套之后，强大的自我、发达的意识将会做出何种反应。也就是说，我们将注意力从外部世界的变化，集中于伊莎贝尔如何应对外部世界的变化。亨利·詹姆斯用这些环绕着伊莎贝尔的人物，构建了一圈包围在伊莎贝尔个人意识之外的黑暗、未知之地，也就是伊莎贝尔的盲区，她需要用不断拓展的认知去照亮它们，而小说为我们展示的正是这个过程。如果将视角固定于伊莎贝尔，没有周围的这一圈边界，表面看起来她的自我意识被更加放大，但因为读者没能看到这个探知和照亮的过程，反而对那种无限大的意识的真实性产生怀疑，进而无法见证伊莎贝尔的变化和成长。

在另外一些小说里，亨利·詹姆斯则完全使用了限制性的视角，比如他晚期非常重要的中篇小说《丛林猛兽》。小说开始于男主人公马丘和女孩梅在博物馆的重逢，梅问他是否还记得多年前说过的话，他努力回忆，记起自己曾对梅说，他相信将会有一件灾难性的事情发生在自己的身上。

这么说吧，是我在等候着的——是一桩必须接受、对付、而在我生活中忽然出现的事情；它很可能会损坏我进一步的认识，很可能把我毁灭；另一方面，它也很可能只是改变一切，打击我整个世界的根本，而且无条件地让我承担那一切后果。

就像一头埋伏在丛林深处的野兽，他一直等着它现身，跟自己搏斗。梅决定守候着马丘，陪他一起等待。但这种陪伴是精神性的，在现实生活里，马丘并没有涉入婚姻的打算，梅也没有提出这样的要求。两人就这样相伴度过了半生，梅患重病，不久于人世之时，两人再度谈及一起等待着降临的那件令马丘恐惧的大事。梅声称它早已发生，猛兽已经来过了。马丘感到不解和害怕，不断追问那件事到底是什么，梅最终也没有回答。及至几年后，马丘从四处漂泊的旅行中归来，去了埋葬梅的墓园，在那里他看到一个前来悼念逝者的陌生人，带着一张被“失去”摧毁的面容。那张脸如同镜子，使马丘照见了自己，并因此大为震动。他意识到失去梅正是那桩他一直在等待的厄运——猛兽已经偷袭了他，夺走了他尚未来得及使用的生命热情。热衷于阐释自己作品的亨利·詹姆斯对此概括道：这是一个有关当你认识到一切皆已晚，甚至感觉一生从未活过的事例。《丛林猛兽》的魅力来自它的神秘，即便结尾明明白白地告诉了我们，那头猛兽是什么，却依然无法驱散叙事所制造的层层浓雾。因为我们所知道的答案并不能使猛兽具象化，它的恐怖在于它是抽象的，是一种想象里的蓬勃之物，在马丘的意念里发威，并将其打败、摧毁。我们只有依附于马丘的意识才能感受到它的存在，而这正是小说所使用的限定视角带给我们的体验。

这篇小说将视角固定于马丘的身上，从未涉入梅的内心，我们没办法知道她在想什么，因为她是被马丘忽略的那一部分生活。亨利·詹姆斯很好地利用了这一点，到了弥留之际，梅扮演了沉默的先知，她的内心成为一个盛放秘密的容器，而这个秘密对马丘至关重要。马丘的苦苦追问，宛如被困之人奋力冲破周围的迷障，却一次次被挡回来。两人之间的交谈，可能是文学史上最为漫长而胶着的一场对话。它的漫长并非客观的漫长，而是读者的一种内心感受，因为读者被限定在马丘的视角之中，深切地体会到他的痛苦和煎熬。读者甚至会产生一种想要与主人公分离，将其摆脱的愿望。而最终梅的离开，带上了马丘生活里唯一开着的一扇门，将他彻底抛弃在黑暗里。他在黑暗里放逐自我，直至时间流逝，形容枯槁时才猛然惊醒。这种限定性的视角，让我们紧跟马丘的步伐，一步步走入他的意识丛林，拨开层层遮挡，抵达最幽暗的深处。我们了解马丘的过程，同时也是马丘了解自己的过程。到了最后，马丘用他的醒悟照亮了黑暗，我们也才得以看清，那头传说中的猛兽原本是主人公的恐惧所投射出的假想敌。但此时它已经成真，被它践踏和碾碎的，正是我们陪同马丘走过的这段备受折磨的生命旅程。

在另外一篇充满哥特气息的代表作《螺丝在拧紧》里，亨利·詹姆斯选择了更具有限制性的第一人称叙事。有些特别的是，他在这个离奇故事的外面镶了一个框子，让叙事者从另一个人那里获得了一份手稿。随着手稿的打开，一个新的叙事者接管了故事。通过这样的方式，亨利·詹姆斯向我们暗示了手稿有杜撰的可能性，或者说，手稿可能是一篇小说。也就是说，我们可以有保留地相信里面的话。在现在的作家眼中，这个外框或许是不必要的，因为他们的读者已经习惯了怀疑小说的叙述者。但在当时，亨利·詹姆斯的这种做法，是引导读者去质疑叙述者权威性的一种必要方式。我们很快就会发现这么做的意义，因为手稿的叙述者是一位拥有强大感染力的女士，她将我们完全拉向她的一边，要求我们毫不怀疑地相信她的每一个字。

我记得我一开始的心情就像十五个吊桶打水——七上八下的，一会儿觉得自己是对的，一会儿又觉得错了，心情很紧张。

故事以这样的口吻开场，这位女士接受了一份新工作，到一个庄园担任两个孩子的家庭教师。到那里不久，她相继看到了曾在这里工作的男仆以及前任女家庭教师的鬼魂。据说这对男女曾有奸情，后来双双死去，原因不明。女主人公相信，这两个鬼魂控制了两个孩子，甚至想把他们带走。而自己的职责就是保护两个孩子，从鬼魂那里把他们夺回来：

我承认，当我回首往事的时候，我对自己十分赞赏！我能看到我的工作是多么动人而又单纯。我在那里保护和捍卫着世界上最孤苦无依、最可爱的小生命。

然而孩子们只是兜圈子，不肯说出自己看到了鬼魂，在他们的反常举动之下，女教师的精神绷得越来越紧。两个孩子当中的女孩因惊吓而生病，女教师让管家带她去城里，自己毅然留下守护她心爱的男孩。最后关头，鬼魂就在窗前，她督促男孩道出自己看见鬼魂的事实。激动之下她紧紧箍住男孩，等她发现的时候，男孩已经在她怀里窒息而死。

这部小说留给后世最大的疑问在于，故事里到底是不是真的有鬼。一手制造出这个疑问的，正是女主人公言之凿凿的讲述。从她自己看到鬼魂，到她推理出两个孩子也能看到鬼魂并被其控制和操纵，这其中的稀薄依据，在她不容置疑的口吻里变成黏稠的水泥，封死了因果之间的每一道缝隙。虽然她眼中的鬼魂是静态的，是没有行动的，但是她要求我们同她一样相信，他们具有无穷威力，并且将会摧毁这两个孩子。我们来不及停下来审视，已经被她激情澎湃的叙事裹挟着奔向不可挽回的结局。这部小说留给读者的巨大的不安在于，我们始终只能从女主人公的视角来看待事物，我们永远也无法跳脱出来，从外部观察所发生的一切。即便有所怀疑，还是被迫接受了她的逻辑，因为只有这样，我们才能跟随她走下去。然而，等到最后女主人公的所作所为酿成大祸的时候，我们才意识到自己成了她的共谋，对男孩的死负有不可推卸的责任——我们为什么没有制止这个疯女人？我们当然无法制止她，因为我们一直躲藏于她意识的幽暗角落里。这种愧疚感，正是限制视角所带给我们的奇妙体验。在詹姆斯身后的一个世纪里，不可靠叙事已经成为常见的叙事策略，读者逐渐学会对叙述者保持警惕，也能更清晰地看到他们的认知与真实情况之间存在一道裂缝。但《螺丝在拧紧》里的不可靠叙事者是走得最远的那种，她的认知与真相之间并非裂缝，而是一道鸿沟。正是她的“不可靠”，使故事得以发生。她的谬误与幻觉是一种古怪的才华，富有激情和创造力，为我们贡献了这场惊悚刺激的盛宴。

从上面三部小说中，我们可以看到，亨利·詹姆斯通过固定叙述视角，选择了明确的“意识中心”，而且在很大程度上利用了叙述视角所造成的局限来推进叙事，或者说，主人公所面临的最大困难，来自自身对事物的认知偏差和片面。

那一块蒙蔽在心上的阴影，如同窗帘背后影影绰绰的蝙蝠，令人惶惶不安。唯有将它驱散，心灵才能获得真正的宁静和自由。亨利·詹姆斯所主张的"意识中心"，并非仅是一场叙事上的革命，更为重要的是，它使人心成为故事的舞台、小说的场景。在19世纪的小说里，很难找到像《丛林猛兽》里马丘这样的人物，他孜孜以求所寻找的真相是那么空幻和虚无，几乎和生活一点关系也没有。是的，他离生活很远，可是我们却惊讶地发现，他离我们如此之近。

# 结尾：

## 虚构世界的合拢

在《一千零一夜》里，国王要求山鲁佐德日复一日地把故事讲下去。他无法接受那个虚构世界的闭合，那意味着他不得不返回、完全浸没在令他厌倦的现实世界。这是一则很好的关于故事有多大威力的广告，它向我们说明故事可以像毒品一样控制他人。《一千零一夜》没有告诉我们，故事最后究竟会不会讲完，但是我们有理由相信，那位聪明的女主人公活了下来。如果我们相信了这一点，也就等于相信那个虚构的世界好比一台永动机，它可以一直运转下去，直至讲述它的人停止呼吸。不过，那个虚构的世界不是由一个故事组成的，而是无数个故事。它们彼此不相关，像一个个独立的房间，或者说一颗颗珍珠。幸好国王没有对任何一个故事里的人物产生过度的感情依赖，不要求他们穿过墙壁，走进下一个房间。试想，如果国王要求女人把一个故事一直讲下去，难度就会增加很多。当然也不是不可能，但是故事的张力就会急剧降低，而故事所呈现的意义也会消减很多。因为通常故事的相当一部分意义——有时候可能是全部，是在其结局中显现出来的。换句话说，对单个故事来说，如果它的意义已经完全呈现，就没有继续说下去的必要了。

小说这种形式始于讲故事，所以它也像故事一样，其结尾一定程度上决定着小说所要表达的意义。而这正是弗兰克·克默德试图为小说这一体裁拴住的题中之意："为了理解生活，（当我们深陷其中时）我们需要关于开头和结尾的虚构。（我们需要）虚构来将开头和结尾连为一体，并赋予两者之间的那段岁月以意义。"[1]就文体来说，通常短篇小说比长篇小说的结尾更为决定意义的表达。即便同样是长篇，篇幅较短的长篇和篇幅较长的长篇相比，结尾对意义的彰显也显得更加重要。对于《战争与和平》这样人物众多、线索

[1] 弗兰克·克默德：《结尾的意义》，辽宁教育出版社，2000年3月。

纷繁的巨著来说，结尾所呈现的意义是有限的。比如说，结尾的时候托尔斯泰告诉我们，娜塔莎结婚后变成一个陶醉于庸常家庭生活的妇人，身形臃肿、爱钱、对丈夫思考的问题不甚理解。读者可能会因此而有点失望，但是这点失望不足以瓦解小说前面所建立起来的娜塔莎这个人物的形象。合上书以后，留给我们印象最深刻的还是那个活泼、快言快语、感情强烈而多变的娜塔莎。结尾至多让我们认识到，生活就是如此，一切很自然，那种自然是中立的，不好也不坏。但是在一个短篇小说里，如果作者在结尾告诉我们女主人公产生了娜塔莎式的变化，可能我们所受到的冲击要大得多。即便是在一些长篇里，比如《革命之路》，结尾的时候弗兰克只有 30 岁，未来还很漫长，但是当作家向我们暗示，他失去了光彩，成为一个普通人的时候，我们所感到的心碎不亚于他的死亡。为什么《革命之路》的结尾所承载的意义，远远超过《战争与和平》呢？除了篇幅的原因，更重要的是，《战争与和平》是由多条线索交织的，主题也不止一个，所以我们并不会聚焦于主要人物的“下场”。而《革命之路》只有一条线索，它所关心的就是在两个主人公之间的矛盾冲突将会把他们带向何处。在这样的情况下，结尾就显得极其重要，几乎是决定性的。

据说《战争与和平》有几个结尾。或者说，托尔斯泰对于把它结束在哪里，有点不那么确定。所以他更改过结尾，但那并不是决定意义的，只是因为这部以连载形式洋洋洒洒不断写下去的小说需要终结。事实上，对很多古典小说来说，结尾没有那么重要。《堂吉诃德》的结尾没那么重要，《卡拉马佐夫兄弟》的结尾没那么重要，《红楼梦》甚至没有写完，依然不妨碍它是伟大的小说。长篇小说以其特有的形式，赢得了一种挣脱故事的自由，即结尾的解放。但是电影出现以后，人们的阅读习惯也在发生改变，因为电影的结尾更接近于故事的结尾，是具有决定性意义的。电影的观看方式决定了它是线性的、是因果的，时间的不可逆性逼迫影片在最后30分钟里交出一个统摄整个作品的意义。这种要求也渗透到了小说领域。短篇小说的结尾变得越发重要，即便作为长篇小说，如果它遵循传统的故事逻辑，读者对结尾的期待，也远比古典小说的时代要高。据说《战争与和平》曾是给疗养院里的病人来阅读的，他们是最不功利的读者，因为他们主要的诉求是消磨时间。而现代读者对阅读的效率有更高的期许，他们希望在小说的结尾中找到对在阅读这部小说时所产生的所有疑问的解答。这种希望很容易落空，导致他们对小说的结尾感到不满意。我们经常听到的一个评价是，这部长篇小说前面不错，但后面不行，或者是说，结尾太仓促和潦草。所谓“后面不行”，要么因为它一味拖拽着小说走向结尾，导致和前半部分脱节，要么是因为它不知道结尾是什么，显得漫无目的。而结尾的仓促和潦草，则是因为读者的疑问未能得到解答，希求的意义没有获得。只有非线性叙事的长篇，通过继续对传统故事的叛逆，可以多少逃避一些苛责。比如《2666》的结尾留下了大量空白，有一种未完的感觉，但是读者不会产生过多质疑。那些块状的、彼此相对独立的故事，通过其内在的关联生成了一种凌驾于局部之上的总体性的意义，它征收了局部故事的意义。所以，小说的结尾虽然是整部小说终结的地方，但它同时也是这部由五部分组成的小说里第五部分的结尾。它首先服务于它所隶属的那部分故事。至于整部小说的结尾其实被提前了，它更大程度上取决于第五部分从什么地方开始，讲了什么样的故事，这些决定了小说最终的造型。或许我们可以追溯到福克纳，对《喧哗与骚动》来说，真正体现出结尾意味的，并不是最终的几页或者十几页，而是整个第四部分。这部分选择了女佣迪尔西来讲述故事，并且有别于之前任何一章地使用了第三人称叙述，有意将距离拉远，以一个家庭外部的人来看待这家人，这样的视角已经包含终曲的意味。

我们都知道，小说结尾并不是逐个安置人物的命运那么简单，它其实和小说的整体结构有关，也和作者对于小说这门艺术的理解有关。比如我个人更希望看到长篇小说对传统故事的叛逆，或者说它在结尾里所体现出的某种自由意志。但是一个让读者感到满意或者不提出置疑的结尾，一定包含着一定程度的必然性，或者说是权威性——为什么是这个结尾而不是别的结尾，作者必须打消读者的疑问。

所谓结尾的必然性，可以通过不同的方式来实现。首先让我们来比较一下《包法利夫人》和《安娜·卡列尼娜》的结尾。这两部小说都是以女主人公的死亡作为终结——当然，在那场死亡之后，两部小说又有不同程度的延宕，《安娜·卡列尼娜》的延宕更长，或许我们可以由此推测，托尔斯泰对是否可以以安娜之死如此彻底的悲剧来结尾更没有把握。但是两个女主人公的死，都是让叙述停止的最主要的方式。相比之下，《包法利夫人》里爱玛的死亡更具有必然性，一方面因为到了最后我们都认为爱玛已经走投无路，更重要的是，我们知道爱玛的追求是虚妄的、注定落空的，因此死亡是唯一合理的结果。如果爱玛和其中一个情人过上了美好的生活，我们反倒会产生置疑。因为小说前面所建立的人物和基调，没有给爱玛谋求幸福留出任何空间。然而《安娜·卡列尼娜》的结尾必然性要低很多。从肯定的角度来说，我们知道在当时的社会背景下，安娜所追求的爱情很难实现，而且佐以从开头就出现的象征着命运的火车，以及那恼人的农民敲击铁轨的声音，都使结尾有其合理性，但是当它到来的时候，我们依然感觉到某种猝不及防的失控。安娜真的必须死吗？这恐怕是文学史上最著名的话题之一。四处碰壁、体无完肤的安娜，最终或许也免不了一死，但是我们或许会有一种感觉，托尔斯泰没有让安娜像福楼拜的爱玛一样失去全部尊严，穷尽各种可能，也就是说，安娜的死好像被提前了。这个死亡和《包法利夫人》里爱玛的死相比，必然性要少一些，却因此多了一些神秘性。托尔斯泰声称，安娜的死并非他的初衷，写到那里时，人物仿佛摆脱了他的控制，径直朝着铁轨走去。这种说法更为《安娜·卡列尼娜》的结尾增添了玄谲的色彩。然而它并不突兀，似乎符合人物的意志，人物的意志里包含着冲动和激情，包含着听到并接纳神秘力量的招引。那种不可言说的魔力部分取代了因果逻辑，呈现出另外一种无可辩驳的权威性。《安娜·卡列尼娜》的结尾无疑是在必然性与偶然性之间达到最佳平衡的一个范例，堪称完美的结尾。可是那样的"失控"可遇不可求，即便对于托尔斯泰来说，也只遇到过那么一次。从另一个角度来说，仅就文体而言，《包法利夫人》因其精巧、完美的结构对后世小说的影响更大。所谓影响更大，亦即某些技巧可以被习得。所谓精巧、完美的结构，具体到结尾来说，即结尾与其他部分组成和谐统一的整体——虚构世界最终以一种严丝合缝的方式合拢。

正如前面所说，理想的结尾包含着必然性和偶然性，既合理又超乎想象。偶然性的部分是未知和不确定的，无法设计与规划。在这里，姑且让我们讨论一下结尾中的必然性。事实上，只有明确其必然性的部分，才能在必然的前提下希求偶然，亦即有控制才会有失控。我们以之前提到的《自由》为例，来看看这部小说结尾的必然性。《自由》讲述了女主人公帕蒂大学时代与两个男孩相识，一个是正派规矩的沃尔特，一个是他的朋友——放荡不羁的理查德。帕蒂被理查德深深吸引，又感觉到他的危险，最终帕蒂还是选择了沃尔特作为丈夫。多年后，帕蒂与理查德相逢并重燃激情，而后为了他离开了家庭。沃尔特也交了新的女朋友拉丽莎，但拉丽莎后来在一场车祸中身亡。帕蒂在与理查德的生活里渐渐感到失望，最终她回到了沃尔特的身边。表面上看起来，这个小说可以有无数种结尾的方式，但是由于它是以帕蒂和沃尔特的关系为主要线索，两人是绝对的主人公，所以从意义的层面来说，小说只有两种结局，一种是帕蒂和沃尔特保持分离的状态，一种是两人破镜重圆。即便结局使用更为强烈的情节，比如沃尔特因意外或疾病身亡，甚至发生极其匪夷所思的事，比如沃尔特被外星人抓走，在其意义上来说，也只是等同于帕蒂和沃尔特未能在一起。在分离或者破镜重圆的两种结尾里，弗兰岑选择了后者。因为这一结局符合弗兰岑想要表达的主旨，即多余的自由并不能带来幸福，反而使人迷失。

在这部事先设定了主题的小说里，弗兰岑对于自由的态度是显明的，所以他在很早的时候就确定了小说的结局。为了让两位主人公奔向这个结尾，弗兰岑帮他们铲除了一切障碍，使最后的团聚具有必然性。最主要的障碍当然是帕蒂和沃尔特分别找的新伴侣。帕蒂那边，弗兰岑从一开始就给理查德建立起一个“浪子”的形象：生活动荡，家庭观念薄弱，加之大学时帕蒂对其求而不得，所留下的遗憾成为一种美好的幻想。是幻想就终究会破灭的，所以帕蒂对家庭的回归显得顺理成章。至于沃尔特那边的障碍，则要麻烦一点。为了区别于帕蒂和理查德的爱情模式，弗兰岑为沃尔特设置了一个年轻貌美、一往情深的完美情人拉丽莎，这样一来也就很难使两人之间的感情出现问题，只能通过强劲的外力将两人分开。于是一场猝不及防的车祸应运而生，这样的情节设置非常功能性，为的就是带走那位完美的情人。它所导致的问题是，我们会觉得弗兰岑对拉丽莎这个人物缺乏尊重。她被圈禁于沃尔特的世界之中，作为给他带来快乐或者悲伤的一种客体而存在，无法彰显个人意志，更没有所谓的“自由”。但是为了使小说朝着自己所希望的方向合拢，弗兰岑必须牺牲拉丽莎。为了尽可能地让结尾自然、合理，弗兰岑将车祸安置在第三部《二〇〇四》的最后一章“华盛顿恶魔”，中文版的第548页，距离小说结尾还有60多页，在余下的篇幅里让两个主角渐渐靠拢，最后走到一起。这起车祸可以看作情节的拐点，它改变了故事的方向，并将其引向结局。在这样一种结构的小说里，拐点的位置很大程度上影响着我们对结尾的接受程度。通常拐点出现在小说的后半部分，但是不能离结尾太近，那样会导致结尾显得突兀。如果《自由》中的车祸发生在结尾，然后两位主人公复合，将会比现在刻意很多，令读者无法信服。事实上，即便是放在现在这个位置，为了增加缓冲，弗兰岑有意做出了一定的时间跨度，让六年的时间隔在这场死亡和最终的团圆之间。

这种具有明显情节拐点的小说还可以举出一些，比如库切的《耻》，拐点是卢里的女儿被黑人强暴，这一事件使卢里有机会重新审视自己与女学生之间的风流韵事，对于不对等关系中的权力结构有新的认识，并从中体会到“耻”。托宾的《布鲁克林》，拐点发生在艾丽丝的姐姐突然死去，艾丽丝不得不回到爱尔兰，亲人的羁绊、故乡的安全感以及新的恋情使她面临着在留下和返回美国之间的艰难选择。但托宾在天平的美国那一端放了更重的砝码——艾丽丝离开美国时已经和男友结了婚。爱尔兰的邻居通过远在美国的亲戚获悉了这个秘密，并开始说长道短。那种熟人社会里缺乏个人空间的生存状况令艾丽丝厌倦，最终她重新返回了美国。《布鲁克林》的拐点，表面上看起来与结尾的走向相反，事实上，它通过让女主人公再做一次选择，使“离乡”更具有必然性。

在另外一类小说里，故事建立在很高的设定性上，这种设定就会产生必然性的结局。村上春树的小说就是很典型的例子。他的大多小说使用了一种“英雄历险”的故事模型，主人公离开熟悉的环境，在奇幻的时空里开始一场历险，其结局普遍以历险结束、英雄回归而告终。这种故事模型源自蕴藏在不同文化的神话里，深植于我们的集体无意识之中，因而“英雄回归”作为故事模型的一部分，早已为读者所接纳，感觉顺理成章。托马斯·曼的《魔山》或许可以算是这种类型里一个比较特别的例子。年轻的汉斯·卡斯托尔普来到高山上的肺部疗养院看望表兄，不承想自己也染上病，在那里一住就是七年。他遇到形形色色的人，接受着各种思想的冲撞。可以说，这也是一场历险，只不过它以静为动，以思想代替行动，以学习死亡来学习生活。托马斯·曼告诉我们，在山上人们会丧失时间观念，那里的时间是停滞不前的。小说当然可以结束在这种失常里，但是那样的结尾可能缺乏权威性，读者会感觉虚构的世界并没有完全合拢。“魔山”这一特殊场域的设定，带给我们一种隐含的对结尾的期待，那就是汉斯·卡斯托尔普必须从那里离开，回到正常的生活中去。托马斯·曼给出的结尾高于我们的期待，促使汉斯·卡斯托尔普离开魔山的原因是第一次世界大战的爆发。炮火声震醒了疗养院里的病人，搅动着停滞的时间，让它重新启动并大步向前。汉斯·卡斯托尔普对于死亡的学习以一种方式结束，却以另一种方式又开始了。小说的最后，托马斯·曼向我们暗示汉斯·卡斯托尔普极有可能丧生于战场，这很大程度上消解了他在魔山上的收获，充满了强烈的虚无色彩。即便如此，我们并不会否定那些收获的价值。毕竟最终汉斯在面对生死考验的时候，有机会践行他所领悟的“为了善和爱的缘故，人不应让死主宰支配自己的思想”。我们或许可以说，《魔山》是一种反英雄历险的结构，所抵达的“另一世界”是安全而静谧的，而最后的英雄回归，则是走入现实的危险之中。《魔山》的结尾在必然性中透露着命运的无常，其神秘色彩堪比《安娜·卡列尼娜》的结尾。

“结尾是大多数小说家的弱点，可是部分原因得归咎于结尾本身；充其量结尾不过是对前文的否定罢了。”乔治·艾略特曾经说。所谓“结尾不过是对前文的否定”，戴维·洛奇认为维多利亚时代的小说家深受来自读者和出版商的压力，不得不给出一个皆大欢喜的结局。然而我们深知，作家在前面苦心经营的绝不是幸福，而是不幸。读者对于皆大欢喜的结尾的需要，至今仍旧困扰着作家。在那些拥有广泛读者的当代小说里，充斥着东山再起、破镜重圆、柳暗花明。那种必然并不来自小说的内部逻辑，而是一种外在无形的压力。当然作为读者，当书页不断在手中减少，用指尖捻起最后两页的时候，我们心中或许也在期待着某种奇迹：一种对必然性的破坏。但是作者首先要真诚地面对自己，相信他所写出来的东西。相信大于任何人的需要，它是作家意志至关重要的一次体现。为此我们可以放弃前文所有的讨论，作家的最后一次权威性，体现在他如何合拢他所建构的虚构世界，而这种权威性的唯一问题，正在于作家必须面对自己所写出的不幸或者幸福、必然或者偶然的结尾，回答那个问题："你真的相信吗？"

# 第 二 辑

# 村上春树：

## 无恙的英雄

### 一

漫长的写作生涯如同跑马拉松，在后半程要想不掉队，需要充沛的体力和强大的意志。村上春树无疑是晚年作家中的佼佼者。60 岁的时候，他出版了三卷本的《1Q84》，成为其写作生涯的又一高峰。此后，他仍旧保持着两三年出版一本新书的速度，长篇、短篇、随笔、对话录，各种文类一应俱全。

2017 年，《刺杀骑士团长》的问世，成了出版界的一次盛事。很多读者赶赴书店，等候这部小说正式售卖的时刻，如同见证一座恢宏的建筑竣工揭幕。随着《刺杀骑士团长》各国版本陆续问世，掀起的一股新的村上热潮中，村上春树度过了他的70岁生日。同一个月，他在《纽约客》上发表了新写的短篇小说《奶油》，在回答记者提问的时候，他表示这篇小说有可能成为一个新的短篇小说集的开始。对村上的读者来说，这好像也算不上什么意外惊喜，他们早已习惯自己的偶像一直在写，并且会继续写下去这件事，“村上春树”这个名字成为作者对读者的一种承诺。

然而不可否认的是，村上早年的读者正在离他而去。特别是在《1Q84》之后，他每出版一本书，就会有一些读者离开。他们不再觉得那些新小说是写给他们的了。这种感觉可不太好，毕竟从前阅读村上的时候，他们都有过一种奇妙的体验，觉得那些小说就是专门为他们而写的。

在村上的小说里，我们总是能体验到一种作为尊贵客人的感受。所有的东西似乎都是为我们所准备的，安放在合适的位置，极其人性化。我们什么都不用做，只需要坐在舒适的椅子上，探险就开始了。我们被带到另一个世界，看到令人惊叹的风景，遇到各种奇人怪事，虽然总有意想不到的危险，可是我们知道，我们不会受伤。这也是村上给我们的承诺。最终，我们被安然无恙地带回原地，从那张舒适的椅子上醒来，怅然若失，却又精神焕发，如同换上了新鲜的血液，身体里充满能量。

如今，这台机器好像对一部分人失效了。他们要么知道得太多，要么醒来得太早。另一个世界像是重新装潢的游乐园，油漆的卡通形象更换了一轮，但是过山车还是原来的过山车，摩天轮照样以从前的速度，把人送到高空。

## 二

29岁那年，村上写了第一篇小说，获得日本的“群像新人文学奖”，从此走上写作道路。随后的40年，他过着非常职业化的作家生活，这也成为他给大家最重要的印象。村上非常在意自己的公众形象，刚成名的时候，有记者找到他的父母，他父亲就大大方方地交出了他青涩的照片，村上大为恼火，险些和父亲绝交。在此后很多年里，这种差池再也没有过，村上像辛勤的园丁一样，一丝不苟地修剪着自己的轮廓，使其日渐清晰，深入人心：跑步、做意大利面、听爵士乐、和媒体保持距离、与妻子十分恩爱……和很多致力于给自己制造传奇故事的作家不同，村上没有身世之谜，没有战争和流亡的历史，没有激进的政治立场，没有任何情爱绯闻，他的公众形象干净得近乎寡淡。这种清洁的人生，恰巧暗合了村上读者的需要，特别是成长于1980年后的年轻读者。他们同样成长于和平年代，物资丰沛，对历史漠不关心，比起外部环境，他们更在乎的是个人的成长。健康、清洁、独善其身成为一种值得称道的生活态度。《当我谈跑步时，我谈些什么》作为村上春树最畅销的散文集，深得年轻读者的喜爱。在这里，跑步不再是一项简单运动，而是一种挑战自我、维持活力的生活态度。谁能想到，在我们这个时代，一个作家坚持跑步也成为值得歌颂的壮举。20多岁的村上是否具有足够的预见性，知道自己40年后能够凭借那个有点乏味的形象成为新一代的偶像呢？

37岁的时候，村上春树凭借《挪威的森林》获得了巨大的成功。当我们追随作家来到他创作的晚年，回头看这本书，会发现它和作家的其他作品非常不同。《挪威的森林》没有任何奇幻和超现实的元素，当年村上曾想使用“百分之百写实主义小说”来强调它的特色，后来担心过去习惯他风格的读者会排斥，才将文案改为“百分之百恋爱小说”。写实无疑是其区别于村上其他作品的一大特点。这部小说的故事很简单：在前往德国的飞机上，37 岁的渡边彻听到披头士乐队的《挪威的森林》，回想多年前的往事，哀愁神秘的直子、明丽活泼的绿子，少年深陷于两种截然不同的爱情体验里，思考着死亡的意义和生命的价值，艰难地走过了青春时代。村上塑造人物的天赋在这部小说里充分显露，直子和绿子的音容笑貌犹在眼前，令人难忘。究竟该选择她们当中的哪一个，令那些深深代入小说的读者伤透了脑筋，而这个问题在未来还将一直伴随着他们，因为直子和绿子作为两种典型的女性形象，此后反复出现在村上的小说里。“直子”类型的女孩留在了直子死去的年纪，永远是十几岁的少女，比如《1Q84》里的深绘里和《刺杀骑士团长》里的秋川真理惠。而“绿子”类型的女孩则跟随男主人公长大，变成三十出头的少妇，《1Q84》里力大无比、勇气过人，凭一己之力为被虐待女性报仇的青豆是这个类型的代表人物。

值得注意的是，《挪威的森林》在结构上，采取了村上作品里很少见的倒叙，以多年后的渡边彻视角回溯青春。虽然现在时只是一个引子，却确定了整部小说感伤的基调。在村上的其他长篇里，时间都是从“现在”不断往前发展的，读者的阅读与人物的经历具有同步性。也就是说，村上通常直接切入主人公当下的人生，向我们展示他马上要经历的一段奇遇。奇遇结束的时候，主人公在一定程度上打败了他的敌人，自己也有所收获，我们好像看到了新生活的可能性。这样的设定肯定了奇遇的意义，昭示着某种希望。然而村上拒绝把镜头拉远，让我们在更长的时间里打量主人公，审视那次奇遇。因为时间才是最大的敌人，真正改变我们的，不是短暂的奇遇，而是在时间中的消耗、磨损。但是“时间”似乎是村上努力回避的主题，他尽可能地压缩时间跨度，用奇观代替日常，将“片刻”不断放大，主人公如同凝固在琥珀里的昆虫。早在《挪威的森林》里，村上就借主人公渡边彻之口，不无羡慕地说：“唯有死者永远 17 岁。”死亡打败了时间的侵袭，穿过死亡之门的人，反倒成为某种意义上的胜利者。这是度过了 17 岁的渡边彻在思考的问题。时间的意义是什么？死亡的意义是什么？鉴于作为叙述者的渡边彻已经 37 岁，我们有理由相信这些问题对他仍旧重要。虽然《挪威的森林》是一部青春小说，但它并不浅薄，而且它是村上少数直面时间和死亡的小说。

37 岁的渡边彻过得怎么样？小说没有给出答案。很多年后，村上写了一部叫作《没有色彩的多崎作和他的巡礼之年》的小说，可以看作是写给《挪威的森林》的回信。对于这部继《挪威的森林》之后唯一一部写实主义的作品，村上强调它“表面写实，基底具有非写实”。在《挪威的森林》之后，村上努力与这部大获成功又颇受争议的作品划清界限，排斥写实主义，或者说传统意义上的写实主义。他认为日本的写实主义相当刻板，总是依循过去的规范。这其中暗含着他对自己早年作品在日本文学界未能获得认可的不平。他的文学观念里，始终包含着对日本文学传统的批判。在《没有色彩的多崎作和他的巡礼之年》里，少年时代几位朋友不约而同离他而去的遭遇，给多崎作的内心留下了阴影。成年后，他一一寻访当年的朋友，试图弄清真相，疗治心灵的创伤。这部小说与《挪威的森林》形成呼应，似乎在回答成年后的渡边彻过得怎么样，他是如何解决早年创伤的生命课题的。不过此时的村上，已经习惯了套用他在后期小说里惯常运用的模板，寻找之旅显得过于程式化，失去了《挪威的森林》时的脆弱和动人。事实上，早在《寻羊冒险记》的时候，这种模板已经成形。写在其后的《挪威的森林》反倒如同脱缰的野马，摆脱了形式和主题的控制，自由地在旷野中驰骋。

这种自由在村上之后的作品中未能延续，从而成为其小说中的异类。

有意思的是，渡边彻37岁，写下渡边彻故事的村上春树那年也是37岁。在这以后，他的主人公和他的年龄渐渐拉开了距离。即便是30多年后，他的主人公也仍旧停留在三十几岁。他们身体健康，性欲正常，从各个方面来说都处于一种完美状态，没有一丝疾病的阴影，更不必说死亡。当《1Q84》里的主人公天吾面对父亲的去世，流露出一种少年的懵懂和疏离，我们是不是可以说，后来村上决定无视他在《挪威的森林》里抛出的问题，放弃了对时间和死亡的思考。这种无视和放弃是否出于对时间的恐惧呢？这么说，很多村上的读者恐怕不会答应，毕竟他们年逾七十的偶像依然是马拉松健将，创作力旺盛，审美趣味也仍在引领潮流。可以说，村上以他的作品和深入人心的个人形象，成了打败时间的英雄。不过，这个战胜的姿态是不是多少有点可疑？

苏珊·桑塔格在《疾病的隐喻》里，探讨了疾病与文学的关系。梅毒之于莫泊桑，肺结核之于托马斯·曼，癫痫之于陀思妥耶夫斯基……在村上春树这里，我们也许有必要探讨一下“健康的隐喻”。在他的小说里，健康成为一种自我克制、自我修炼的品格属性，稳定、自给自足，形成绝缘的内在宇宙。村上曾说："不知道为什么，我喜欢的美国大作家都酗酒，基本上属于酒精中毒。"喜欢归喜欢，生活理念上他却与他们分道扬镳。在最近出版的《刺杀骑士团长》中，有一个叫免色涉的人，富有、神秘、爱穿白西装，几乎是盖茨比的翻版。类似的人物在早年的《烧仓房》里也曾出现。可以说，这是村上又一次向他的文学偶像菲茨杰拉德致敬。不过免色涉徒有其表，是一个纸糊的盖茨比。如果非要追问他到底哪里不像，也许我们只能说，他太健康了。那种健康的生命姿态，是村上植入人物头脑中的一块芯片，控制着他的一举一动。不可否认，村上的健康哲学是非常积极的人生态度，不过到了晚年它多少显得有点无聊。我们显然不可能在村上身上期待出现萨义德在《论晚期风格》中所定义的那类晚期作品：包含了一种不和谐的、不安宁的张力，最重要的是，它包含了一种蓄意的、非创造性的、反对性的创造性。

事实上，"晚期"这个词都不会降临在村上的世界里。他以那套恒定的哲学，有效地将时间排除在他的文学领地之外。"健康的隐喻"背后，其实是一种对时间的逃避。但是没准我们喜欢村上春树，正是因为他的世界里没有残酷的时间。在那里，我们可以像孩子似的沉迷于炫目的魔法，虽然只有片刻，午夜12点的钟声总会敲响，马车会变成南瓜，随从会变成老鼠，而且第二天的我们，确实比昨天变老了一点。

## 三

1949年1月，村上春树在日本京都附近出生。同一年，在世界的另一端，美国神话学作家约瑟夫·坎贝尔出版了他的重要著作《千面英雄》，引起巨大的轰动。这本书将在30多年后与村上春树相遇，在那之前，它已经深刻地影响了孕育村上春树的美国文化，包括披头士、猫王，还有乔治·卢卡斯。没有坎贝尔神话理论的指导，就没有《星球大战》。村上春树曾在早年的小说中多次提到《星球大战》。在《舞舞舞》里他说："酒吧四壁全是玻璃窗，札幌夜景一览无余。这里所有的一切都使我想起《星球大战》中的宇宙都市。"试图将自己笔下的世界与《星球大战》里的世界打通。

青少年时代的村上，和"英雄"二字毫不沾边。他是那种沉默寡言、毫不起眼的男孩。高中的时候长跑，女同学们给别的男同学喊的都是:“××君,加油!”对村上喊的却是:“村上君，别勉强自己啊！”[1]他对大学课程缺乏兴趣，没毕业就和女同学结了婚，共同经营一间酒吧。29岁那年，他在神宫球场看棒球赛，心中忽然萌生了写篇小说试试看的念头。他在后来的随笔里反复回忆那个下午：

> 我还清晰地记得那晴朗的天空，刚刚恢复了绿色的草坪的触感，以及球棒发出的悦耳声响。在那一刻，有什么东西从天空慢慢飘下来，而我正好用双手接住。为什么会正巧落在我掌心，我也不太明白，当时不明白，现在也不明白，不管原因是什么，总之发生了那件事。[2]

这是村上人生中极为重要的时刻，一种被拣选、被委以重任的感觉降临在他的身上，使他从此不再平凡。在他的小说里，也总有这样的时刻，降临在那些看起来和他一样平凡的主人公身上。因为自己的经历，村上比谁都更相信生命中

---

[1] 村上春树第一期电台节目《村上RADIO：RUN & SONGS》。

[2] 村上春树：《当我谈跑步时，我谈些什么》，南海出版公司，2009年1月。

有这样的决定性瞬间存在。或者说，因为他天然具有的英雄情结，所以他赋予了那个时刻一种近乎神迹的光辉。我们应该承认，我们会被村上的小说打动，正是因为他为我们创造了很多凡人英雄，一些离我们很近的普通人，在某个时刻，一扇门忽然在他的面前打开，他就此踏上了神奇的旅程。平庸、琐碎的日常生活使我们渴望拥有村上主人公那样的奇遇，而村上式的奇遇也使我们宽宥了自己的平凡。那是一种为平凡量身打造的奇遇，不需要远大的理想、过人的勇气，你只需要带上一份好奇心，就可以上路了。

我们无从知道村上春树初次阅读坎贝尔的时间。日文版《千面英雄》面市的时间是 1984 年，但很可能在那之前村上就阅读了英文版。根据他的作品变化来推算，应该在《寻羊冒险记》之前。也就是说，《寻羊冒险记》已经能看出受坎贝尔的深重影响。是不是《星球大战》的上映将村上引向了坎贝尔呢？我们大致可以推测，在 20 世纪 70 年代末到 80 年代初，村上读到了坎贝尔。后来村上曾在推荐的书单里提到坎贝尔，说经常阅读他的《我们赖以为生的神话》，同时表示并不是对写小说有什么帮助，仅仅是因为有趣才读。可是说完这句话，村上接着对什么是有趣做了解释："说到有趣的事，对我来说，是能将书中所写的东西据为己有，用英语来说便是tangible（触手可及）的材料。”[1]在几十年的创作生涯里，坎贝尔的著作确实一直在村上触手可及的地方，成了他热切希望“据为己有”的宝藏。

坎贝尔深受弗洛伊德和荣格的影响，认为神话是一种集体无意识的体现，至今仍与我们的生活息息相关，在无形之中影响着我们的选择。他所提出的“单一神话理论”认为不同民族和国家存在着一些相同的神话模型，虽然它们表面状貌不同，但内核是相同的，那些形形色色的英雄，有着相同的生命轨迹，所以那些神话模型具有世界性。“世界性”对好莱坞而言，十分具有诱惑力，像一把万能钥匙，可以打开任何文化的大门，畅通无阻地跨越国界。在《星球大战》大获成功之后，很多好莱坞导演都将坎贝尔的著作当作“圣经”。后来编剧界流行一本叫作《作家之旅》的编剧宝典，这本书完全来自坎贝尔的《千面英雄》，只是将书中的理论转化成更具实操性的条目。村上春树接纳坎贝尔的理论，是否也有对“世界性”的考虑呢？我们知道，凭借《且听风吟》

[1] “村上春树的艺术世界”公众号：《村上春树阅读推荐的100本书籍》。

成名之后，村上再也没有获得日本文学界的肯定，80年代初他离开日本，开始旅居海外的生活，似乎确实有意拓展日本之外的文学舞台。不过，村上和坎贝尔的相遇几乎是必然的。首先是因为村上的英雄情结。英雄穿过边境抵达另一世界，这种奇遇令他着迷。在《纽约客》的采访中，他将自己的写作，描述为推开一扇门，进入另一个世界。他只是努力记下自己所看到的。他具有无视现实与非现实的边界的能力，可以自由地进入另一个世界，然后再回来。“回来很重要。如果你不能回来，那就可怕了。但是我很专业，所以我可以回来。”[1]在这番响应了坎贝尔“英雄回归”的言辞里，村上和他笔下那些凡人英雄完美合体——“另一个世界”是他和他的英雄获取价值和意义的地方。

同时，这个过程颇有精神分析的意味。村上春树是与弗洛伊德、荣格天然亲近的作家，所以他对坎贝尔的接纳顺理成章。村上关心精神创伤及其背后的成因，头脑中有一条清晰的因果链，所有的事都有因，找到这个因才能解决眼前的

[1] *The New Yorker* Interview: The Underground World of Haruki Murakami By Deborah Treisman.

问题。河合隼雄在其著作《村上春树，去见河合隼雄》里，将村上当作精神分析的对象，对影响他人生的一些重要事件提供了深层的阐释，比如村上青年时代经历的学生运动，比如地震、奥姆真理教，等等。在两人的对话中，我们能感觉村上非常肯定这种精神分析的价值，将自己完全交托于河合隼雄。

此外，村上天生对物语和神话有浓厚的兴趣，他在推荐书单里也提到《一千零一夜》等神话对他的影响。他的小说《山鲁佐德》就借用了《一千零一夜》的形式。

最后，当然还有美国流行文化对村上的浸染，坎贝尔早已作为那些经典电影、大众娱乐的一部分，进入他的精神谱系。1981 年左右，村上曾撰写长文《作为同时代的美国》，在其中他分析了科波拉的《现代启示录》，坎贝尔神话理论里的用词散见其中。和坎贝尔相遇以后，村上找到了一种进入那些他钟爱的电影和文学的方式，同时也可以看作是对他未来的探险旅程的一种模拟。所以，对于坎贝尔的接纳，是基于村上的天性和个人储备的。相较于好莱坞电影将坎贝尔宝典化、攻略化的倾向，坎贝尔在文学界被接纳的情况还是有所不同。小说世界里的一砖一瓦都来源于作者的精神世界，发生在文学领域的借鉴和接纳，必然以双方的灵魂契合为基础。对多数创作者来说，坎贝尔的神话体系有益却未必有效。日本学者大塚英志将村上春树和导演宫崎骏并置[1]，认为日本80年代对外输出的文化，普遍具有故事结构化的共性。他认为在这样的输出里，并没有呈现日本文化的本质，这一结论颇为发人深省。反观中国的情况，是否可以说，我们在对外输出文化上的劣势，源自作品未能具有故事结构化的特性，与此同时，那些作品又可能较多地呈现了中国文化的本质。不过，宫崎骏和村上春树的故事结构化还是有所不同。宫崎骏选择了非常简单的故事结构，所要表达的主题与其匹配，无外乎真善美和爱。但是村上想要表达的东西显然没有那么简单。特别是后期的村上，力图将更多对社会、历史、战争和人性之恶的思考塞进小说。受制于结构化的故事，这些表达显得浅薄和表面，有时候它甚至像是读书笔记。在《1Q84》中，村上将契诃夫的《萨哈林旅行记》以及日本古典小说《平家物语》的片段镶嵌在叙事里，借它对恶发声。

---

[1] 大塚英志：《只有结构的日本》，出自《中日文化文学比较研究2017（一）（夏之卷）》，吉林出版集团股份有限公司，2017年7月。

这些材料被安置在紧张的故事里，读起来确实很有趣，但也仅仅是有趣而已，它们并没有真正说出什么。村上对契诃夫书写《萨哈林旅行记》一段经历的点评，是中肯的解说词，而他的主人公如同老实巴交的播音员，逐字逐句地把它念了出来。让我们再回忆一下村上说过的那句话："说到有趣的事，对我来说，是能将书中所写的东西据为己有……"村上将那些书中有趣的东西据为己有的方式，就是把它们变成自己小说里的材料。他就像在人类文明上游走的观光客，口袋里装满了拾拣来的漂亮石子。他要用它们来建一座自己的房子。该如何统合这些碎片呢？20 世纪 80 年代，村上曾在分析他十分喜欢的美国作家约翰·欧文的小说时指出，欧文所写的是一种"先于碎片堆积的综合小说"，"他的小说中的所有要素都宿命般地定位于意欲达成'综合'的位置上"。这种令村上不无羡慕的"综合"，正是仰赖于结实的故事框架。村上急需用它来组装那些自己从文学名著里复刻下来的碎片零件。

坎贝尔神话系统的出现恰逢其时，让村上找到了一种书写长篇小说的结构。在《刺杀骑士团长》里，主人公与妻子分手，住进了朋友雨田政彦父亲的房子，在那里的九个月遇到了种种怪事，最终他和妻子复合，并接纳了妻子腹中父亲不明的孩子，开始了新生活。这是第一层的“去而复归”，其中还嵌套着一个更加紧凑的历险之旅：在故事进行到四分之三的时候，为了营救失踪的少女秋川真理惠，主人公杀死骑士团长，钻进庙后的深洞，追踪逃跑的长脸人。最终主人公顺利返回现实世界，平行时空中遇险的秋川真理惠也因此获救。在这个故事里，比较有趣的设置是骑士团长既担任着导师的身份，又承担着敌对势力的角色，他主动要求被杀死，以关闭打开的潘多拉盒子，让秩序回归正常。不过如果我们查看坎贝尔学徒克里斯托弗·沃格勒写的那本《作家之旅》，在导师的名目底下赫然写着，有时候导师可以同时扮演反面角色。《刺杀骑士团长》中的很多设置，都能在坎贝尔的《千面英雄》中找到对应，比如企鹅饰物对应着护符，深夜响起的铃声对应着启程的召唤，而庙后的深洞也就是坎贝尔所说的神话故事里的鲸鱼腹。关于这个两层嵌套的历险之旅，村上在访谈中曾用一幢建筑物做比，他关心的是“地下”的部分。[1] 如果说地下一层是与“我”有关的心灵创伤，地下二

[1] 川上未映子、村上春树访谈录：《猫头鹰在黄昏起飞》，上海译文出版社，2019 年 6 月。

层就是集体无意识的影响。“我”必须通过完成地下二层的历险，才能返回地下一层，并且照亮笼罩这一层的阴影地带。故事里，“我”若要涉险应战，必须步入深洞，那就要克服早年丧妹所患上的幽闭恐惧症——一个酷似希区柯克《迷魂记》的设定，受伤的英雄真正要面对的敌人是自己的暗面。最终杀死集体无意识中的“战争之恶”之后，失去妹妹的创伤也得到了治愈。然而和《迷魂记》里男主人公痛失所爱所不同的是，村上的英雄始终毫发无伤，一切以他们无恙返回原地为前提。一如村上所说：“回来很重要。如果你不能回来，那就可怕了。但是我很专业，所以我可以回来。”存在主义心理学家罗洛·梅在《爱与意志》里，讲了雅各与天使角力的故事，雅各打败了天使和魔鬼的混合体，胜利归来，然而大腿根被刺伤，从此一瘸一拐。罗洛·梅借此来比喻人类创造的过程，我们想从另一个世界把一些东西带到这个世界来，是需要做出交换的。然而村上并不这么想。他和他的英雄都是专业的，因此免于受苦，尽可以自由地往返于现实的边境。

英雄不会受伤，也便很难成长。传统的历险故事里，英雄重返现实世界，必须有所成长。这也是教养小说的惯有套路。在好莱坞电影里，这也是一条金科玉律，那些爱哭鼻子、生性怯懦的英雄在历险归来后，获得了勇气和力量，或者他们懂得了如何去爱别人并且保护所爱的人。但是村上对此多少有些怀疑。说到底，他对于人究竟会不会改变这件事，始终有点举棋不定，所以在他的很多小说里，英雄其实没有什么改变。《1Q84》以青豆和天吾的最终相遇，代替了个人成长，承担着历险的意义。只有在一种情况下，村上愿意相信人物的转变，那就是历险是一次精神治疗，治愈了英雄早年的创伤。在《刺杀骑士团长》里，主人公治愈的是早年失去妹妹的创伤，但是那段故事相当牵强，像是一个后来贴上去的补丁。难怪村上将这个章节交给《纽约客》独立发表[1]。它看起来的确更像短篇小说，是一个并没有切肤之痛的创伤。而且如果我们非要问，集体无意识中残余的恶与“我”的个人创伤之间，到底存在着多少关联，又为什么可以打通呢？把所有模糊含混的东西，都推给弗洛伊德、荣格和坎贝尔，是否能解决一切问题呢？

村上的故事既受惠于神话框架，但同时也受累于此。从很早开始，村上已经用套用神话系统代替了自己的思考。他

---

[1] *The Wind Cave* in *New Yorker* September 3，2018 Issue.

的全部思考变成了如何用现有的理论系统将自己的故事安置，一一对应，如同按照古老的建筑图纸搭建自己的房子。可是作为读者，特别是对其故事结构了如指掌的读者，我们的乐趣绝不仅仅在于惊喜地发现，哦，原来窗户的位置如此精准地符合黄金分割率！

村上一直是作家中的好学生。他从不讳谈自己所受的影响。从钱德勒那里学会了如何使用比喻，从塞林格那里学会了第一人称的使用，从约翰·欧文那里学会了如何组织碎片信息……村上的小说创作有那么一点像是组装汽车。至于发动机……齐泽克写过一本名为《不敢问希区柯克的，就问拉康吧》的书，旨在从拉康的精神分析中找到解读希区柯克电影的密码。那么同样，我们或许也可以说，不敢问村上春树的，就去问坎贝尔吧。

# 波拉尼奥：

## 召唤巨人

### 一

2018年1月，一次去往南极的旅行中，我曾在圣地亚哥短暂停留。当地的朋友开车载着我穿越大半个城市，在近郊的街区曲曲折折绕了很久，终于找到一座勉强算是波拉尼奥故居的房子。能找到这座房子已是不错，说到底，智利只是波拉尼奥地理意义上的祖国。虽然他的那次惊心动魄的被捕事件发生在这里，但从内心亲近程度上来说，这里远不及墨西哥。计划这次旅行的时候，我请朋友帮忙在智利寻找认识波拉尼奥的人，比如儿时伙伴、中学老师，想跟他们聊聊作家的早年生活，最终找到一位和波拉尼奥相熟的诗人，但他没有回复邮件。热心人倒是提供了一些别的线索：一个朋友发来波拉尼奥的传记短片，让我留心镜头扫过的波拉尼奥童年时居住的房子，去鲁文大街找一找。另一个朋友推荐我去坐波拉尼奥青年时代时常搭乘的黄色巴士，据说波拉尼奥有收集票根的习惯。还有一个学术组织辗转发来邀请，说很欢迎我作为中国代表参加他们举办的波拉尼奥国际研讨会。那种口吻好像他们只差一个中国人了，我立刻想到《2666》里第一章中意大利人、法国人、西班牙人和英国人一起开阿琴波尔迪的学术研讨会的情景。

说回这座勉强的故居，它的主人正是那位没有回复邮件的诗人 Jaime Quezada。1973 年波拉尼奥被捕获释之后，曾在这幢房子里住了几个月，随后离开了智利。现在住在这里的是诗人的侄子，据说是位流浪艺人，在地铁卖唱的那种，虽说有固定的居所，也是一位流浪艺人。“流浪”在这里一如在波拉尼奥的小说里，是种内心境界。不出意外的话，他应该也是个诗人。“诗人”在这个国家，也恰如在波拉尼奥的小说里，不是一种职业，而是一种人的属性。诗人不在家，我们只能隔着铁门遥望二楼左边那个波拉尼奥住过的房间，掩藏在树木中的半扇窗户狡黠地冲我们眨眼。一只不大机灵的猫坐在院子当中，宁可交替舔着左边和右边的爪子，也不愿意往前走几步，到铁门前会会访客。这幢房子虽然难掩历经岁月的破败感，但被粉刷成灰绿色的外墙，有着里希特的《蜡烛》般的尊贵色调，而挂在门边充满孩子气的亮色油画，透露着一种打败时间的乐观意志。门外的树上结了很多红色的小李子，我和朋友摘了一些坐在围墙边吃了起来。马路对面是一个简陋的车站，鉴于这个街区已经荒废已久，状貌与几十年前相差无几，我们大可以想象多年前一个这样晴朗的黄昏，青年波拉尼奥从车站下车，慢吞吞地走向寓所的情景。那时候他脑袋里在想什么，政变之后国家未卜的命运，还是写给酒吧女招待的一行诗？

天完全黑了，我们还是没等到主人回来，驱车离开了那个几乎没有路灯的街区。虽然一无所获，也倒不觉得太遗憾，一位始终没有露面的主人，可能正符合波拉尼奥小说的设定。寻找波拉尼奥之旅，就如同从《2666》中繁衍出的一个故事，天然携带着谜的因子。

## 二

《2666》里有很多谜。有些谜就算作者本人仍旧健在，也未必能做出令人满意的解答。虽然波拉尼奥颇为迷恋“侦探”这一身份，但要是读者把他的小说当作侦探小说去读，要么迷失在岔路上，要么挂在半截梯子上下不来。这也正是波拉尼奥式人物的处境，他们煞有介事地上路去寻找一个人，在旅途中迷路，遇到很多人，经历了很多事，始终没有抵达目的地。从某种意义上说，他们决定寻找的那一刻开始，就把自己作为一颗卫星发射了出去，逐渐偏离轨道，而后他们的运行轨迹和他们所寻找的人一样变得难以预料。一个流浪的侦探，或许能比较好地描述波拉尼奥小说里的人物，他们在流浪，但始终没忘记自己是个侦探；他们是侦探，但因为不可能接近真相，寻找之旅变成了漫游，在不同的驿站停靠，和无数陌生人交换故事，然后挥手作别。那些故事千奇百怪，从金字塔神庙到科幻小说，又无一例外地带有波拉尼奥的风格烙印，源源不断地输出着他对于历史、政治、文学、爱情和性的看法，有时显得语重心长、耳提面命，有时又显得玩世不恭，像即兴的演奏或信口的承诺，不能当真。波拉尼奥式的故事总是在某种临界点，介乎于玩笑与箴言之间，介乎于杂耍和正剧之间，一不小心就从一边滑向另一边。但是不管怎么说，流浪作为一种体例，确保了故事的不断繁殖，从这个角度来说，《2666》如同故事的永动机，可以无休无止地写下去。

我们得承认，存在一种从卡夫卡之后所建立的审美：小说如同一个精心设计的装置，人物像弹子小球般被放入其中，作者所完成的是一份小球如何在其中运动的观察报告。小球或摩擦损耗（《变形记》），或循环往复（《城堡》），前者以小球被耗尽而终结，后者则可以永续，因为没有必然的结尾，可以在任何地方停止。

波拉尼奥偏爱一种“卫星失联”的观察报告，设置一个观测点，最终以观察对象的消失、从视野中淡出来关闭永续装置。《2666》是由几个装置拼插起来的，整体形成了一种相对闭合的结构，但每个装置本身都可以延长小球运行的轨迹，加载更多的故事。在生命的最后时间里，波拉尼奥出于对子女未来生活的考虑，与出版社约定把小说的五个部分拆分开来独立出版，如果那样的话，也就失去了闭合结构对每部分的制约，如同五台各自运转的机器。事实上，波拉尼奥最终也没有写完《2666》的最后一部分，因为这一部分显然还可以加载更多故事，该在什么时候拔掉电源，停止它的工作，波拉尼奥似乎还没有找到一个具有权威性的终结点。他去世后，原定的出版计划被推翻，五个章节合并成一本书。在这一点上，负责处理波拉尼奥文学遗产的伊格纳西奥·埃切维里亚像卡夫卡的朋友马克斯·勃罗德一样功不可没，可以说，是他的这一举措使未完成的《2666》得以完成。他不仅捍卫了《2666》恢宏的结构，也使波拉尼奥兑现了自己的文学野心，即“写出激流般不完美的巨著”。

在《2666》里，大学教授阿玛尔菲塔诺询问一个药房的药剂师喜欢看什么书，在对方作答之后，阿玛尔菲塔诺有一段感慨：

显然，不用讨论的是，他更喜欢小品而不是巨著。他选择了卡夫卡的《变形记》而不是他的《审判》，选择了梅尔维尔的《巴托比》而不是《白鲸》，选择了福楼拜的《简单的心》，而不是《布瓦尔和佩居榭》，选择了狄更斯的《圣诞颂歌》，而不是《双城记》或者《匹克威克外传》。这是多么令人伤心的荒谬选择啊！连这些有文化的药剂师也不敢面对那些激流般不完美的巨著，可正是这些巨著在陌生的领域里开路的啊。他们选择了文学大师的完美习作。或者也同样想看练剑时的大师，但丝毫不想知道什么是真正的战斗：大师在战斗中与那些让我们大家感到恐惧，那些能吓倒我们、让我们生气、有鲜血、有致命伤口和臭气的东西搏斗。

在这里，波拉尼奥借阿玛尔菲塔诺之口，表达了自己的文学观。他认为真正重要的作品，是作家所创造的具有写作难度的不完美的巨著，认为正是它们在开垦着文学尚未抵及的荒蛮之地。值得注意的是，《布瓦尔和佩居榭》和《审判》都是没有完成的作品。此时的波拉尼奥正处于其寿限的最后几年中，而他自己比谁都更清楚这一点。他是在自己罹患无法治愈的严重肝病之后，才成为一个小说家的，因为相较于早年创作的诗歌，小说这种大众化的体例可以带来更高的经济收益，那将会是他留给孩子的一笔遗产。十年之间，他写了《美洲纳粹文学》《遥远的星辰》《护身符》《智利之夜》等作品，我们有理由相信，这些题材相关、结构精巧的短小篇幅的长篇小说很可能被他自己归入“练剑”式的习作。与此同时，他还在另一条跑道上跟时间赛跑，前五年写出了为他建立声名的《荒野侦探》，后五年则开始创作《2666》。显然，《2666》是他所想要投身的“真正的战斗”。阿玛尔菲塔诺上面这段感想出现在小说的第二章，差不多位于全书四分之一的地方，也就是说在这个时候，波拉尼奥很可能已经知道《2666》是无法完成的，或者说，他默许了它将会以未完成的方式问世。在这件事上，那两位前辈作家可能没有那么坦然，毕竟福楼拜已经为《布瓦尔和佩居榭》的最后两章做了提纲，还写好了打算附在小说最后的《庸见词典》。卡夫卡则在停下写作《审判》的时候表示：“或许要将这部小说静置多年后，才能继续下去。”况且倘若遵照卡夫卡的遗嘱，这部小说及其他作品都不应该面世。波拉尼奥的坦然来自他所信奉的小说美学，不完美在这里甚至带有骄傲的意味，因为激流若要勇猛，必会失控，在一匣宝藏耀眼的光芒面前，没有人在意每颗珍珠是不是都是圆的。

我们必须承认，随着小说这种文体的发展，作家对于小说的结构有更多的自觉性，读者也对文本的完整性有更高的要求。同时，出版的商业化也要求小说更符合商业的规范。所以近几十年里，未完成的小说变得越来越少。而《2666》是极为罕见的例外。一方面因为波拉尼奥倒计时式的创作促成了它的传奇性，但同时我们也不能忽略的是，波拉尼奥已经在构建《2666》的小说结构、创造其文体的时候，为它争取到了很大的自由度。这种结构，也就是每个章节都是加载故事的装置，而章节之间具有关联，通过它们的排列次序，构成一种隐含的叙事性。事实上，我们可以将占据全书四分之一的第五章整体看作小说的结尾。这一章节中，在前文影影绰绰被提及和寻找的那位神秘巨人阿琴波尔迪终于现身。他出现并与“圣特莱莎”暴力事件产生一定的关联，之于这部小说来说，如同一架大型飞机开始收翼并准备降落，对读者来说已经是足够的安慰。

在现代长篇小说里，非线性叙事的文体变得越来越常见。这种结构以其对传统讲故事的法则的极大叛逆，体现出长篇小说这一文体的现代性与独特性。然而，这种形式的小说，因为没有那么紧密的叙事张力，结尾会显得缺乏权威性。也就是说，作者很难说服读者，为什么小说结束在这里而不是结束在另外一个地方，而读者也很难对结尾感到满足，因而对作者产生了置疑。但是通过《2666》，我们或许可以意识到，这个结尾留下的大量空白所带给读者的不满足感并不会比其他非线性叙事小说里，作者竭尽全力写下的结尾所带来的更多。比如在《云图》里，大卫·米切尔精心营造出了对称式的结构，尽力使一切在结尾形成完美的闭环，但我们依然感觉不满足，因为小说里的人物仿佛只是徒具叙事功能的道具，一旦小说完成就彻底结束使命，他们立即解甲归田。也就是说，《2666》使我们更清楚地看到了非线性叙事文体的开放性，重新思考这种文本到底是否存在一种完美终结的可能。从这个角度来说，《2666》的未完成，是小说发展至今日，其现代性的一种体现。它留下的缺口，如同一个冲着那些仍旧以《包法利夫人》为范本，致力于写出结构精巧、形式完美的小说的作家所露出的狡黠的微笑。

## 三

《2666》里最大的谜，可能是阿琴波尔迪的巨人形象。这个普鲁士人的命运像他的身高一样无法选择。小说向我们表明，他并非志在成为巨人，而是被动地接纳了上帝对他的拣选。顺应是这位巨人最大的美德，战争找到他，他接纳了战争；爱人找到他，他接纳了爱人；文学找到他，他接纳了文学。最终妹妹找到他，他接纳了前往圣特莱莎营救侄子的使命。小说第五章以他名字命名的传记部分，借鉴了英雄历险和少年成长的经典模型，第一段欧洲城堡里贵族男女的故事，令人想到萨克雷的《巴里·林登的遭遇》，随后关于“二战”的部分是标准的战争历险故事，而阿琴波尔迪从墙壁里找到鲍里斯·安斯基的日记，从中读到伊万诺夫的小说和遭遇从此开始写作，酷似武侠小说中籍籍无名的小辈失足跌入深谷，得到了失传已久的武功秘籍。无名小辈并没有远大的抱负，习练秘籍也只是因为被困住了，聊以打发时间而已。阿琴波尔迪所得的武功秘籍，精要之处不在招式，而在于一颗蓬勃的文学之心。那颗被战争、集权扼住喉咙，依然在胸腔里跳动的文学之心感召了阿琴波尔迪。这个决定时刻藏匿于历险之旅的深处，像一颗神秘的按钮，让从前的经验如同沉睡的游乐园一样启动起来。巨人生来很高，但身无长物，一切都从历险中而来，无论是素材还是写作的决心。虽然波拉尼奥从不掩饰对博尔赫斯的崇拜，但文学主张与后者相去甚远。在《2666》阿琴波尔迪这一章里，波拉尼奥借助一个卖给阿琴波尔迪打字机的老人之口，明确地表达了他的主张：“一句话，最宝贵的是身体力行。这不是说，体验不能从长期与图书打交道中获得。体验远远超过图书之上。人们常说，体验是科学之母。”他反对纸上谈兵的知识分子（还记得小说第一章那几个兴冲冲跑去暴力之都圣特莱莎，回来之后陷入虚无的学者吗？），诗人和小说家都应该去流浪，人生才是唯一的大学。

收获秘籍之后，阿琴波尔迪并没有立刻开始写作。这之间还隔着一件事——他杀了个人。在战俘营，一个叫萨穆尔的人不停地跟他讲自己杀害大批犹太人的故事，最终他把萨穆尔杀死，离开了战俘营。值得注意的是，在漫长的战争中，阿琴波尔迪没有杀过一个人。战争结束了，当一切开始回归平静的时候，他却杀了人，而这几乎是他人生第一次主动的选择。借助这样的方式，他得以和德国以及他所投身的战争决裂。也可以说，他在为那些死去的幽灵报仇，并因此赎回自己的自由，抛弃了士兵汉斯·赖特尔的姓名，化身一个影子作家，汇入茫茫幽灵之中。杀人事件是阿琴波尔迪最重要的命运拐点，但它却被做成故事中的镂空，没有任何正面书写。我们只知道萨穆尔死了，然后在十几页之后在阿琴波尔迪和女友的对话中，我们知道是他杀了这个人，并且谈不上后悔。但是如果我们回想他在临死之前的情景，更多的意义会在留白的边缘逸出。当时，萨穆尔感觉到阿琴波尔迪眼中的杀气，安慰他说美国警察不久就会审判自己。但阿琴波尔迪并不相信，代替美国警察处决了这个人。战俘营里的仲裁如同一场末日审判，阿琴波尔迪是现身的神。在这里，我们感觉到了巨人的特权。发现并行使这种特权的那一刻，阿琴波尔迪才成为一个巨人，开始用耸入云端的眼睛俯瞰众生。这样一双立于高处的眼睛，拥有至高无上的叙事权威性，也拥有无边无际的写作自由。通篇上帝视角写成的《2666》，向我们展示着这种权威和自由，也让我们无时无刻不感觉到波拉尼奥那双“高处的眼睛”。

在生前的一次采访中，波拉尼奥曾说自己是托尔斯泰的追随者。这话容易引起疑惑，因为两个人在风格上相去甚远。有人认为，相比托尔斯泰，波拉尼奥和陀思妥耶夫斯基更接近一些：“我们必须拿出对付《群魔》和《卡拉马佐夫兄弟》的心力来对付《2666》那顽强的多重声道：长篇独白、旁支斜出的历史学岔口、罪案陈述和对于月之暗面般的人物回忆的不顾一切地深入——这些回忆好像不是书中人物的无意识，而是这本书本身的无意识。”[1] 但我们如果考虑波拉

[1] 王炜《最后一个历史天使》，《上海文化·新批评》，2018年5月号。

尼奥对“巨人”一词的着迷，或许不难理解他所说的追随。一种尊贵的书写特权，是他从托尔斯泰手里拿过的接力棒。毕竟巨人这个称谓，属于任何一位文学大师，却特别属于托尔斯泰。“每当他进入一个房间，每当他采用一种形式，他传递给人的印象是：一位巨人弯腰进去了一道为常人建造的房门。”[1]20 世纪之后，信息的大爆炸炸开了虚构世界的天穹，小说家一步步交出叙事特权，退回自己目之所及的方寸天地。上帝视角逐渐没落，巨人成为远去的传说。及至拉美，在马尔克斯、科塔萨尔一代人造就的文学繁荣之后，波拉尼奥与他的同代人背负着沉重的文学遗产，荫蔽于大师的光环之下。身处“地狱阅览室”[2]，波拉尼奥召唤回远去的巨人，邀请他进入自己的写作，用复活的上帝视角夺回了叙述的霸权。阿琴波尔迪像是从 19 世纪风尘仆仆赶来的文学巨人，以托尔斯泰的终点为他的起点：抛弃姓名，四处流浪。这是属于 20 世纪文学巨人的道路，因为祠堂已经没有人去朝拜，

[1] 乔治·斯坦纳：《托尔斯泰或陀思妥耶夫斯基》，浙江大学出版社，2011 年 10 月。

[2] 罗贝托·波拉尼奥：《浪漫主义狗》，出自诗集《未知大学》，上海人民出版社，2017 年 8 月。

巨人必须身染尘埃，冒着重重危险传播话语。但无论他是在刷盘子还是当皮条客，都仍旧承担着人类的命运，所以小说最后他前往圣特莱莎，绝不仅仅是血缘的牵系，而是一种更大的使命感。在警察无用的时候，我们唯有期盼巨人的降临。

虽然《2666》具备能想到的最炫目的形式，拥有历经存在主义洗礼的虚无和荒诞，但是从某个意义上来说，波拉尼奥仍旧是一个古典主义者。他相信文学巨人所拥有的特权，并且想要夺回这种特权，把那些退席的观众重新叫到身前。当然，波拉尼奥也早就为他的怀疑者准备好了辩词：按照阿琴波尔迪的女友英格博格的说法，我们所看到的漫天星光早在几万年前就死了，我们只是被宇宙的往事所包围。谁能保证我们所看到的阿琴波尔迪不是从过去世代照进现在的一道光呢？但仅仅因为渴望和无望，我们还是会对着它许愿。

## 艾丽丝·门罗 之一：

# 时间的房子

## 一

通常我们会说短篇小说是一个生活的截面，在有限的时间和空间里，人物遭遇了一些事并做出选择。也许那是一种对过往的终结，或是改变了未来——但是过往和未来没有出现在小说里，那些留白要靠我们的想象去填补。作为读者，我们有一种共识，就是短篇小说的作者不必对人物的一生负责。一生太长了，时间会消解戏剧的张力，冲淡甚至颠覆传奇。短篇小说这种形式，在某种意义上就是对抗时间的。它是一次爆破、一场暴动。当然凡事都有例外，艾丽丝·门罗就是一个总想对人物一生负责的短篇小说作家。她很难撇弃时间来施展她的魔法。相反，她邀请时间加入，在她的小说里扮演重要的角色。她曾把她的短篇小说比喻成一座房子，拥有很多个房间。每个房间都是一个时空，她在其中自由踱步，从一间走到另一间。有时忽然想起落下了什么东西，就跑回到另一个房间去取。所以她的小说从表面来看，有一种较为松散的结构，像是在时空中徜徉。她对笔下人物了解得似乎比大多短篇小说作者更多，他们就像她的同学或邻居，她很小的时候就认识他们，知道他们从哪里来、去了哪里。也因为这样，她的人物显得更真实，他们不是舞台聚光灯底下声嘶力竭念诵台词的演员，而是更像我们周围的人。

在《熊从山那边来》开头，女主人公菲奥娜和男主人公格兰特在大学时相识，菲奥娜像是在开玩笑似的提出要跟格兰特结婚。

那是个寒冷的晴日，他们在斯坦利港的海滩上，风沙把他们的脸打得阵阵生疼，海浪翻卷起一层层小沙砾冲刷到他们脚下。

“你会觉得有意思吗——”菲奥娜高声喊道，“你会不会觉得有意思，要是我们结婚的话？”

他当即接过她的话头儿，大声喊着好呀。他真想永远都不离开她。她身上迸发着生命的火花。

就在我们满心期待读到他们的婚礼是什么样，婚后的生活过得如何时，小说的下一段，他们已经共同生活了几十年，步入了晚年。菲奥娜开始忘记进屋时换鞋，并且需要靠贴小字条提醒自己餐具放在哪里。更糟糕的是，她会找不到回家的路，也不记得什么时候搬进现在住的房子。很快，她的病情恶化到无法自主生活，必须送到疗养院去接受治疗。忘记了半生经历的菲奥娜，好像回到了少女时代，也就是在小说开头我们所认识的那个浑身迸发着生命火花的女孩。她活泼的天性吸引了疗养院里另一个得老年痴呆症的男人奥布里，两人成了形影不离的好朋友。这让格兰特有点不知所措。从他的视角，我们开始不断进入往日的生活，进入叙述所跳过的那些年。但是那些年里菲奥娜好像并不重要，我们读到的是他的风流韵事，毫无愧疚地周旋于那些女人之间，因为丑闻不得不提前退休，也没能领取足额的养老金，只能搬到菲奥娜父亲留下的大房子里。他多少感到庆幸的是，自己的婚姻一直很稳定，就这样来到了晚年，以为已经安全靠岸，没想到他所遇到的真正考验，却是被疾病控制的菲奥娜，似乎爱上了别人。往事和现在的对应，使我们看到了一种因果报应。显然，格兰特也看到了。所以当奥布里被他妻子接回家，菲奥娜因为难过不肯吃饭，身体每况愈下的时候，格兰特决定去找奥布里的妻子谈一下，希望她可以再把丈夫送回疗养院。此时我们才发现，这篇小说是一个关于悔过的故事。在经过几十年的背叛与辜负之后，格兰特第一次真正在为菲奥娜的快乐着想。在曾经的肆无忌惮的纵情背后，是菲奥娜不离不弃的陪伴，如果没有对那些时光的追忆，格兰特也许无法知晓自己对菲奥娜深沉的情感。作为交换，格兰特答应了奥布里妻子提出的和自己约会的要求——当然，他也可以继续纵容一下自己的欲望，就像他过去所做的那样。在长达一页的内心活动的书写里，我们在陪伴着格兰特完成这次抉择，也在看着他试图厘清爱和欲望之间的区别。“他居然用自己的卑劣行径来为菲奥娜谋取幸福。”格兰特感觉到生活的荒谬，终于有一次，他的欲望不再纯粹是自私的，而是为了一个更高尚的目的，那就是成全他的妻子。

然而更为荒诞的是，等到奥布里再次回到疗养院的时候，菲奥娜已经不记得他是谁了。相反，她似乎恢复了对丈夫的记忆，抬起胳膊抱住了他。

“你本来可以开车一走了之的，”她说，“开车一走了之，在这个世界上了无牵挂，抛弃掉我。抛弃我。弃之不理。”他把脸紧紧贴着她的白发，贴着她粉色的头皮，贴着她那匀称可爱的脑袋，他说：“绝对不会的。”

小说就结束在了这里，结束在菲奥娜似乎重新记起了格兰特，当然，我们早就知道的，他们共同走过的岁月不会一笔勾销，那些时间将两颗心牢牢地焊在一起，成为某种可以称之为爱的东西。《熊从山那边来》这个名字，来自一首著名的儿歌，歌中唱道：“熊到山那边去，好看他能看见什么/还有他能看见的一切，还有他能看见的一切/山的那一边，就是他能够看到的一切……”这似乎是人的青年时代写照。年轻的时候充满好奇心和冒险精神，总想着翻过山到那边看一看。然而门罗把“熊到山那边去”改作“熊从山那边来”，变成了一种人生晚景的写照。山那边的风景领略过了，冒险之旅结束了，现在带着尘土与疲惫，翻山归来。

在另一篇小说《蒙大拿的迈尔斯城》里，时间也发挥着巨大的作用。这是一个关于顿悟的故事。小说的开头就有一次顿悟，主人公在童年的时候，眼见自己的玩伴斯蒂夫溺水身亡，被大人们抬回来。她参加了斯蒂夫的葬礼，葬礼上她目睹父母的态度，觉得“首次对他们有了了解”，她对他们感到极度反感和愤怒，这种反应“不可理解也无法表达”，最终“平息了下来……慢慢转化为一种沉重的心情”。接下来，故事跳到20年后，女主人公成了一个母亲，有一年夏天和丈夫安德鲁一起带三岁半的女儿梅格开车出门度假，路经一个游泳池，梅格想去玩耍，他们就把她送进去了，场边有人看护。但是当女主人公从护栏边望进去的时候，发现女儿在视野里消失了。她和丈夫飞奔进去，救起了在水中挣扎的孩子。这时女主人公再一次想到童年的事，突然对当时未能理解的事物有所顿悟：

他们那高大、僵硬、精神打扮过的身躯并没有站在我和那突然的死亡或者任何类型的死亡中间。他们同意了。看起来是这样的。他们不是通过任何他们说过或者想过的东西，而是通过他们制造过孩子这个事实——他们制造了我——而同意了孩子们以及我的死亡。他们制造了我，正是出于这个原因，我的死亡——不管他们会多么悲伤，不管他们会如何继续生活下去——对他们来说除了觉得不可能或者违反常理之外，再没有其他什么了。

也就是说，父母作为把孩子从无到有带到这个世界上的人，似乎默许了孩子可以再从这个世界上被带走。她和丈夫在救孩子的时候，或许在心中接受了将会失去她的事实。有趣的是，小说的叙述者是在晚年回溯这次事故，那时她已经和丈夫分开了。他们为什么分开，我们不得而知，或许在面对孩子濒死的那一刻，两人提前接纳最坏的结果的默契，成为某种共谋，最终化作这段婚姻难以弥合的裂缝？我们尽可以去猜测，反正它不会影响这篇小说所要表达的东西。事实上，叙述者完全可以不告诉我们她和丈夫分开的事情，但是门罗希望我们能更清楚地了解这一顿悟是在什么样的状态中产生的。首先，它来自事故过去很多年以后，那个时候女主人公的婚姻已经解体，不再是一个深陷家庭生活里的主妇，她以一种清醒、客观的口吻谈论着蕴藏在“父母”这一身份里的某个真相。因为过去了那么长时间，经历了种种事情，主人公才迎来了她的第二次顿悟，或者说，是第一次顿悟的深化。一头一尾的两次顿悟，构成了女主人公在生命中所完成的一段精神旅程。短篇小说所追求的戏剧性，抽空了时间，总是会将一次顿悟的威力无限放大，让我们相信那是主人公人生最重要的时刻。在受到震动的同时，我们不免也会产生怀疑：一次顿悟究竟对人生的改变有多大，到底真实世界是否存在如同神迹一般的顿悟？门罗显然对此也有自己的思考。她尽可能不将顿悟处理得过于仪式化和戏剧性。而且她让时间参与到顿悟中来，顿悟不是一次性完成的，曾经产生过的顿悟，也只有接受时间的检验，才能化作真知。

我们说，门罗的小说是由一个个房间组成的，那些房间既可以陈列一个人物的不同人生阶段，也可以陈列不同人物的过往和现在。《火车》就是后者。男主人公杰克逊早年曾被继母威胁，致使成年之后他在性方面有障碍。他交往了一个叫艾琳的女孩，但始终怀揣着这份忐忑。在退伍返乡的途中，他想到艾琳正在等着他，忽然感觉没办法面对她以及他们之后的生活，于是他逃走了——从回程的火车上跳下。他在陌生的乡间游荡，被年长 16 岁的女人贝尔收留，从此留下来帮她修葺房子、照看农场，两人一起生活了很多年，直到贝尔得了癌症，住进医院。在病床上，贝尔回忆起父亲，将父亲当年卧轨自杀的原因告诉了杰克逊。

在那个母亲始终生病、非常压抑封闭的家庭里，父亲意识到自己对女儿产生了性的冲动，感到羞愧难当。为了从这种情欲的挣扎中解脱，他选择了自杀。面对性的羁绊，杰克逊和贝尔的父亲都选择了逃离，而“火车”作为他们逃离的工具，也成为贝尔和杰克逊命运的交会点。关于杰克逊的继母，门罗只寥寥提到几笔，但那段童年经历是小说一个重要的房间，它虚掩着门，只能瞥见一角，可是它就在那里，我们知道。贝尔的童年是另一个房间，它和盛放杰克逊童年的那个房间连通着。杰克逊和贝尔共享着相似的童年创伤，这是他们可以一起生活的隐秘默契。同时贝尔以及被杰克逊抛弃的女友艾琳，并没有因为男性的脱逃而获得幸福，她们也在承担着变故所带来的剧痛。关于艾琳，门罗同样提到不多，但是杰克逊离她而去之后的生活，我们似乎可以通过贝尔的命运想象，她的房间又和贝尔的打通着。借由贝尔的遭遇，杰克逊对他当年的离弃也感到愧疚，可是当他再度遇到艾琳的时候，仍旧选择了逃离。小说的最后，他又跳上了去往远方的火车。门罗在接受《纽约客》的采访中提及这篇小说，她说杰克逊是一个没有性的阻挠就自信且自足的男人，也就是说，他为了得到那份自信，过上自足的生活，必须在生活中摒弃“性”这种东西。同时门罗说，她认为杰克逊无法走出童年创伤的阴影，所以只有不断地逃。在这篇小说里，首尾出现的两次火车让时间构成了一个环，杰克逊所踏上的新旅程，不过是在自己的命运之轮上再转一圈。

## 二

《幸福过了头》是门罗晚期的重要作品。不同于前面所提到的那些小说，这篇小说没有很大的时间跨度，但是门罗所做的是用女主人公的最后几个月去展示她的一生。可以说，这是一部独特的传记。

索菲娅·柯瓦列夫斯卡娅是一名俄国数学家。为了逃离封闭的国家，她和不爱的人结了婚。在自由的法国她见证了革命，也曾张开双臂拥抱生活，但生活似乎并不值得她这样去做。丈夫因为生意失败而自杀，最艰难的时刻陪伴她的只有数学。她终于找到一个她深爱的男人，然而她所获得的荣誉使对方望而却步。时间来到 1891 年，我们跟随她去看望了去世姐姐的孩子，拜访了数学领域的恩师，最后前往斯德哥尔摩去做演讲。在漫长、颠簸的旅途中她追忆着过往的晦暗与荣光，被疾病入侵的身体越来越虚弱，直至走向生命的终点。这篇小说的现实时空里，没有发生太多事，只是索菲娅与故人逐个见面，并逐个告别。尽管她对未来仍有憧憬，但是看起来她想要了却的心愿更多，一次谢幕似的巡礼演出。而伴随着这场巡礼的，是旅途中索菲娅头脑中飘忽的思绪。可以说，索菲娅在一座回忆的宅邸里散步，由一个房间来到另一个。每个房间里都陈列着她不同时期的故事，有着不同的主题和人物。姐姐与青春、丈夫与婚姻、恩师与事业。她掸去落在回忆上的尘埃，在那些重要的时刻驻足，并在它们之中重新认识自己，了解自己的局限。在这篇小说里，门罗同样用许多个被时间分隔又被情感连通的房间，为索菲娅建造了一座个人博物馆。索菲娅是这座博物馆的访客，也是我们的向导，她用私密的个人情感，为我们奉上了一条特别的导览路线。

我们很难忽略的是，门罗是在罹患癌症决定封笔的时候写下这篇小说的。这也是唯一一次她用历史上真实存在的人物来作为自己小说的主人公。类似的小说卡佛也写过一篇，叫《差事》，讲的是契诃夫去世的那天所发生的故事。两篇小说都写得平静克制，同时显露出荒凉萧索的底色。这一类小说取材于历史人物，根植于已有的传记和资料，人物的性格不能更改，命运的走向也是固定的，所以创作的空间非常有限。作家为什么还会选取这种受到极大限制的题材呢？或许是因为作家在这个真实的人物身上找到了极大的共鸣。因为强烈的认同感，作者把自己完全代入那个真实人物，用他（她）来表达自己想要表达的东西。作者对这个人物的了解，不需要像传记作家那样面面俱到，但他们的灵魂是打通的。类似的例子还有很多，比如库切的《彼得堡的大师》是以陀思妥耶夫斯基为原型的，主要探讨的是陀思妥耶夫斯基所承受的丧子之痛。而库切唯一的儿子正是坠楼身亡的，所以他特别明白陀思妥耶夫斯基彼时的痛苦，将自己代入陀思妥耶夫斯基，借用他的经历来抒发自己郁结在心里的那份情感。

那么，为什么门罗选择索菲娅呢？我们或许需要从门罗的童年找到答案。她出生在加拿大一个并不富裕的乡下家庭，因为母亲多病，小时候她就要承担很多家务和农活。20岁那年，大学没有读完她就嫁了人，迫切地渴望组织起自己的小家庭，以为这样就能获得更多的自由。她很快有了自己的孩子，成为一名家庭主妇。每天只能在孩子去上学的时候，用两三个小时来写作。家里没有人把她当作作家，直到37岁才出版了自己的第一本小说集，41岁那年她和丈夫离了婚，结束了长达21年的婚姻。她离开了丈夫门罗，沿用了他的姓氏，成了作家门罗。在过往的经历里，女人这个身份一直在和她的创作打架，或者说二者在争夺她的时间和灵魂。门罗第一本小说出版于1968年，当时正值加拿大女权运动的高峰，她正是那些寻求自由和解放的女性中的一员。而生活在19世纪末的索菲娅，离开俄国来到法国，在那里她获得了自由的启蒙，对自己的女性身份有了新的认识。可以说，那个为了摆脱束缚、义无反顾投奔婚姻的少女索菲娅，和早年的门罗极其相似。后来索菲娅事业虽然大获成功，却依然受到女性身份的制约，她无法得到一份体面的教职，也无法得到一份完整和平等的爱情。她的才华像一种重负，压得她喘不过气，而荣誉则像牢笼，将她隔绝其中。门罗借索菲娅丈夫弗拉基米尔之口，说出了一种在男性当中极为普遍的看法：

你给我举个例子，有哪个女人真的重要到改变世界了？

那些勾引男人、谋杀男人的除外。女人先天落后，还自我中心，但凡她们有点想法，有个像样的目标可以投入进去，她们就会变得歇斯底里起来，用自己的自大把事情全给毁了。

这些话适用于索菲娅的时代，也同样适用于门罗的时代。它作为一种根深蒂固的偏见，离间着婚姻和爱情。到头来，索菲娅发现自己因为心底对丈夫的鄙视，根本不可能爱上他。在火车上，索菲娅看到一个女人带着脸上包着纱布的儿子，当这个女人展开披肩，把一部分盖在孩子身上的时候，流露出一种机械的母性。因为儿子出了事故，“她得更体贴一些，仅此而已。孩子们还在家里等着她，说不准肚子里还有一个”。

随即索菲娅想：

多可怕啊，女人的命运多么可怕。如果索菲娅告诉这位妇女，告诉她新兴的斗争，女性要争取投票权，争取大学里的职位，这个女人会说什么？她也许会说，这可不是上帝的意思。要是索菲娅说，那就抛弃这个上帝，解放她的思想。她会不会看着她——索菲娅——带着筋疲力尽的神情，以固执的怜悯口吻说，没有上帝，那我们要怎么过这一辈子呢？

在这里，索菲娅意识到根深蒂固的偏见并不仅仅来自男人，同样也来自女性对自己的认知。她们不假思索地领受了命运的安排，而且这带给她们安全感，那个男权社会所塑造的上帝，成了她们的庇护所。而她自己呢，这个看起来强大到抛弃了那个上帝的女人，却抛弃不了女人的天性，她依然着迷于那种具有男子气概、确信自己可以保护女人的男人，虽然她明知道那种保护是一份古老的规则和契约，“有时候能让女人受益，有时候则不能”。所以这样的爱情，必然包含着束缚，包含着她努力反抗和挣脱的东西。这些思考事实上是属于门罗的，她选择了用索菲娅来承载它们。或者说，她相信这些思考也曾属于索菲娅，她只是把索菲娅想过的事再想一遍，把索菲娅没能记下来的事物记下来。门罗在小说里几次提醒我们，索菲娅还有一个身份是作家，她也写过小说。故事的最后，弥留之际，索菲娅从昏迷中醒来，看着自己的女儿，只说了几个字：幸福过了头。“幸福过了头”也是这篇小说的名字，在这里的意味显得相当复杂，我们没有看到任何幸福，我们看到的都是生命里的创痛，一次次的悲伤和打击。虽然索菲娅作为欧洲第一位女数学博士，获得了荣耀和世人的尊敬，在传记作家那里，这些价值可能会被放得很大，但是在门罗的小说里，它却显得微不足道。我们感觉到的是巨大的遗憾。在一个充满生命力的女人身上未能完成的爱情，未能完成的事业，未能完成的自由……这一切都是时代的原因吗？如果把索菲娅看作 19 世纪女性知识分子的一个缩影，20 世纪的索菲娅真的会比 19 世纪的索菲娅更幸福吗？说到底，究竟什么会给我们带来幸福呢？婚姻还是事业，抑或二者都不能？对幸福的追求是否终究是虚妄的呢？

这篇小说也许并不是门罗最好的小说，受到原型人物的制约，门罗没法充分施展虚构的拳脚。一些史料的使用，看到的是考据的热情，却缺乏叙事的温度。数学，作为索菲娅的信仰，没有渗透到文本更深的肌理中，也没有影响和塑造索菲娅的思考。然而，《幸福过了头》却是门罗非常重要的作品。在 2013 年门罗获得了诺贝尔文学奖之后再来看，这个小说仿佛是一篇提早写好的谢幕词。借助索菲娅的眼睛，我们仿佛看到了那个得奖之后的门罗。由于健康的原因，门罗没有出席诺贝尔文学奖的颁奖典礼，只能通过录像奉上答谢词。我们不禁想象，门罗是否会在家中观看颁奖典礼，看着那个出现在会场屏幕上的自己念诵答谢词。她既在这份荣誉的中央，也在这份荣誉之外，她在参与，也在旁观，喜悦之余总有一份清醒。这份清醒，源自女性身份的羁绊，而此时它又是一种恩惠。毕竟我们见过很多志得意满、觉得那份荣誉理所应当是自己囊中之物的男性艺术家。对世界的贡献和自我价值的实现完美地重叠在一起，显得如此正义，如此无可反驳。正因为如此，门罗这份不彻底的快乐才显得极为珍贵。当听到在病床上索菲娅怀着自嘲，用“幸福过了头”来总结自己的人生的时候，我们怎么能不省察自己所依赖的那份幸福呢？它可靠吗，它真实吗？

在门罗的多数小说里，不管女主人公的遭遇多么悲惨，最终还是有一份慰藉在那里。哪怕那些女人仍旧困囿于她们的人生，我们至少可以知道，她们充分了解了自己的处境，并且这种了解一定不会没有用，它总是可以适当地改变女人们的人生，我们这样期待着。可是在索菲娅这里，门罗没有再给予我们什么期待了。人生的大幕已经落下，那些荣誉只是身外之物了。这篇小说的最后一句话，门罗这样写道：

人们用索菲娅的名字命名了月球上的一座环形山。

是啊，索菲娅所获得的荣誉就像月亮上的那座环形山。月亮距我们的生活有多远呢？在那个没有生命迹象的星球上，纵使那是一座壮阔无比、美轮美奂的环形山，它和我们又有什么关系呢？不管我们是叫它索菲娅，还是玛丽或者朱迪，它都在那里矗立着，而且毫不介意。说到底，荣誉和人生一样，也许都是一场幻影。

## 艾丽丝·门罗 之二：

# 门罗的晚期风格

2012年，艾丽丝·门罗出版了她的小说集《亲爱的生活》，并声称这是她的封笔之作。同时她表示："我希望读者从《亲爱的生活》开始读我的小说，这是我最好的作品。"这个愿望显然没法在已经成为门罗读者的那些读者身上实现，至于《亲爱的生活》是不是门罗最好的作品，那些读者可能也会有不同的答案。至少有些人会认为，《逃离》《幸福过了头》等巅峰时期的作品绝不亚于《亲爱的生活》。不过，非要选出一本短篇集作为门罗最好的作品，这种做法本来意义就不大。门罗的好小说分散在她的每本短篇集里，又因为主题的延续和统一，我们也很难以创作时间将这些作品割裂来看。

事实上，《亲爱的生活》与她先前的作品，无论在主题还是写法上，都有很多相似和呼应的地方。

## 诱惑与考验

我们都清楚诱惑是危险的，特别是当我们的欲望与道德相悖的时候，但同时又抱有一种侥幸心理，认为自己可以避开危险，在满足我们的欲求之后全身而退，回到原来的生活里。有可能那份乐观，本身就是诱惑所滋生出的产物，像一种化学反应，诱惑制造出幸福的幻觉，也制造出一种错误的自我认知。在那种认知里，我们是足够强大和聪明的，所以完全能够主宰诱惑，驾驭欲望。现实却不尽然，局面总会失控。因为诱惑是魔鬼送出的礼物，它是有偿的，需要我们以珍贵的东西作为交换。有时候那个代价我们付得起，有时候我们付不起。但是知道这一点的时候，已经太晚了。

门罗经常在她的小说里，让她的女性人物与自己的欲望角力。她们有时会赢，但是多数时候都输了。不过，门罗的目的并不是让她们得到足够的教训，洗心革面，变成一个新人。门罗感兴趣的是让她们以及读者在这个过程中，更深层地认识欲望究竟是怎样的事物。同时，她也在揭示女人复杂的天性与弱点。

《漂流到日本》这篇小说讲的就是女主人公和她的欲望角力的故事。这个叫格丽塔的女人拥有一个安稳的家庭，爱她的丈夫和可爱的女儿，不过她还拥有一份令她内心动荡的职业——她是个诗人。这可能解释了为什么她比其他人需要更多的激情。或者说，她得不断寻找激情来饲育她的诗歌。小说的一开头，她和丈夫在火车站分别，丈夫要去北方的城市工作，而她将独自带着女儿凯蒂去多伦多，在朋友离开的时候帮她看家。随后我们知道，她对此行抱有别的期待。因为先前她曾在一次诗歌杂志的活动上，邂逅了一个来自多伦多的男人，当天那个男人把喝醉的她送回了家，虽然什么也没发生——也可能正是因为什么也没发生，她在后来很长一段时间里，无时无刻不在思念他，这种思念甚至使她停止了写诗。现在她要去多伦多了，机会来了，于是她给那个男人写了一封信，附上了自己火车到达的日期和时间。现在我们都很想知道到了多伦多以后，两个人之间会发生什么。我们猜想一定会有事情发生，那么最终将怎样收场呢？然而读者的期待落空了，这篇小说的故事几乎都是在火车上发生的，当格丽塔抵达多伦多，走出火车站，小说就结束了。仅从这一点来说，它是一个很特别的小说。特别之处在于它没有使用一开始就建立起来的悬念，随着情节的推进，我们甚至彻底忘记了那个悬念的存在，直到结尾，叙述者才会又让我们把它想起来。正是使用这样一种特别的结构，门罗向我们揭示了女人和她的欲望之间复杂而不稳定的关系。我们会对欲望产生更深层次的理解。火车上发生了什么呢？格丽塔遇到了一男一女两个年轻的儿童剧演员，其中那个名为格雷格的小伙子很会逗孩子，很快就和凯蒂成了好朋友。后来格雷格的女同伴下车了，格丽塔的女儿也睡着了。两人聊天，并且喝起了格雷格带的茴香酒，然后开始抚摩和亲吻。为了避免凯蒂看到，两人去了格雷格的车厢做爱。之后格丽塔返回自己的车厢，而格雷格马上要下车了，对双方来说，这是一次美妙的艳遇，没什么后顾之忧。可是等到格丽塔返回自己的车厢，发现凯蒂不见了。她发了疯似的到处寻找，穿过一节节车厢，几近崩溃。最终她在车厢的连接处找到了凯蒂，一个人孤独地坐在金属板上。格丽塔一把抱住她，凯蒂哇地哭了起来。如果女儿被坏人带走该怎么办？格丽塔心有余悸，感到无比内疚。随后，她一直在反省自己对凯蒂的漠不关心。写诗，还有对多伦多的男人的迷恋，是这些事物将女儿挤出了她的内心。她觉得自己背叛了女儿和丈夫，背叛了生活。现在她决定放弃那些诱惑，回归生活。火车到站了，她们向外走，这时有人接过了格丽塔手中的箱子，并给了她一个坚定的吻。是那个多伦多男人，是那个她在很长一段时间里迷恋、思念并且写信过去的男人。在小说的结尾，门罗这样写道：

> 先是震惊，接着格丽塔心里一阵翻腾，然后是极度的平静。
>
> 她试图抓紧凯蒂，但就在这时孩子挣脱了她的手，走开了。
>
> 她没有试图逃开。她只是站在那里，等着接下来一定会发生的任何事。

格丽塔为什么变得极度平静呢？因为她心里的欲望被先前发生的事故打退了，但并没有消失。它们只是藏匿起来，等待着合适的时候再度现身。而此时，格丽塔明确地感觉到它们的存在，并且仍旧具有将她完全控制的能量。她曾在给这个多伦多男人的信上说，写这封信就像把一张字条放进漂流瓶。某种程度上是在说，她愿意把自己交托给不确定的命运。而现在命运就站在她的面前，令她无法抗拒，她甚至没有能力撤销那份炽热的心愿。门罗试图让我们明白，心中的欲望不会被瓦解和摧毁，它只可能被压抑和隐藏。而我们也很难因为所领受的教训，变成另外一个人。欲望和人心的角力，是持久的、不断发生的，偶然的战胜根本不值得庆祝。因为一次失败就可能导致不可挽回的后果,付出惨痛的代价。

在这篇小说里，顿悟发生在格丽塔找到女儿之后。她意识到自己对家庭和生活的背叛，意识到没有多伦多的男人，她也会去寻找和追逐其他事物。这次顿悟，显然令格丽塔对自己有新的发现，是极其重要的。但是门罗又在结尾提醒我们，它可能并没有我们以为的那么重要，也不像在过往很多小说里所宣扬的那么重要。一次顿悟并不足以改变生活。有可能格丽塔自己也意识到了这一点，我们或许可以将她在结尾所表现出的极度平静，看作是另一次顿悟。在这次顿悟里，她带领我们思考的问题，不再是她自己和生活的关系，而是伸向更辽阔的领域，探究广义的人性与欲望的关系。

## 天真的罪过

门罗写过几篇用人名来做题目的小说，无一例外都是女性的名字。比如早期小说里的《奎妮》和《普鲁》。而在《亲爱的生活》里出现了两篇，一篇是《科莉》，一篇是《多莉》。如果说在大多情况下，她倾向于选择一个具有概括性、延展性或者占据小说核心位置的意象作为题目，直接使用人名的做法，似乎试图去除概括和阐释，将这部分权利完全让渡于读者。假如读者仔细回味，会发现这种命名绝不是作者推卸责任，或者信手而就，它背后具有深长的意味。那个化作题目的女人，本身就是一种概括，用以指代某种事物或者某种人。仅就《多莉》和《科莉》这两篇来说，使用人名做题目的意义也有很大的差别。在《多莉》里，叫多莉的女人闯入了一对夫妇的晚年生活，她是丈夫多年前曾爱过并为之写诗的情人。在这篇小说里，“多莉”作为一个客体存在，指代的是一种激情，一种关于往昔的美好记忆。而在《科莉》里，科莉是女主人公，小说主要展示的是她的命运。门罗通过以她的名字作为题目，在向我们暗示，她似乎可以代表一类人。他们的天性和弱点，导致了他们的命运。

科莉所代表的是怎样一类人呢？先让我们来认识一下她。首先，科莉的一条腿是瘸的，是一个有先天缺陷的人。门罗的小说里有很多有先天缺陷的主角，或者我们可以称之为“畸人”。这使小说带有一种哥特色彩，阴暗、神秘和诡异，有时候还具有寓言性。比如小说《脸》，写的是一个脸上带有大片胎记的丑陋男孩。而收录在《亲爱的生活》里的另一篇小说《骄傲》，则写了一个兔唇的男孩。这两个男孩的性格比较相近，骄傲又自卑，残疾变成厚厚的铠甲，也成为他们伤害别人的利器。但是先天残疾的女性却表现出完全不同的天性，比如科莉。门罗是否洞悉了缺陷之于不同的性别，将会产生极其相异的对自我和世界的认知呢？或者我们也可以说，科莉同样是骄傲和自卑的，但是她的骄傲和自卑，却以完全不同的方式呈现出来。

小说的开头，已婚的建筑师霍华德来到科莉家做客。科莉的父亲非常富有，科莉虽然腿有残疾，但是表现得乐观开朗。很快，霍华德和科莉成为秘密情人。科莉知道霍华德不会离婚，自己也没有这种要求，她对他们的关系感到满足。有一天，霍华德来的时候，带来一个坏消息。他收到一封信，来自曾在科莉家干活儿的女佣。这个女佣去了城里，在一户人家干活儿，那家人恰好是霍华德的朋友，有一回霍华德和妻子去做客，撞见了女佣，而女佣很早之前就在科莉家见过他与科莉亲热。也就是说，女佣知道了他们的私情，并扬言要告诉霍华德的太太，除非霍华德定时付给她一些钱。科莉担心霍华德想要中止和自己的关系，于是提出由自己来支付这些钱，因为这对她来说不是难事。霍华德最终接受了她的提议。他在城里租了一个信箱，每隔一段时间，科莉会把钱交给他，他把钱放进那个信箱，而女佣会把它打开，将钱取走。事情得到了解决，两人继续着情人的关系，霍华德每隔一段时间来看科莉，这样过了很多年。直到有一天，科莉偶然听给她清理院子的工人说起，得知女佣死了，将会葬在科莉所在的小镇。科莉去参加了葬礼，葬礼上，人们称赞女佣高贵的品格，令科莉产生某种模糊的疑虑。她回到家，想到她给上一笔钱的时候，女佣已经住院。按理说霍华德会再打开信箱确认钱是否被拿走了，那么他应该发现钱还在，可是他并没有对科莉说起过。科莉想了一夜，醒悟过来，意识到从未发生过女佣敲诈的事。钱都去了霍华德那里，用以补贴家用，带着妻子旅行。

在门罗的很多小说里，都有发生在结尾的情节的巨大反转。她从来不抗拒这种强烈的情节处理方式，有的时候，我们甚至觉得那是她十分偏爱的。强烈的情节性总是给读者带来阅读的快乐。但有的时候，也会让人感到刻意和虚假。门罗并非每次都使用得很好，有时候她也会失手。但是失手的根本原因，并不在于那些情节本身不恰当，而是它们在挖掘人性方面，所起到的作用比较有限。比如说《逃离》里有一篇小说叫《播弄》，女主人公若冰与患了哮喘症并且发育不良的姐姐乔安妮相依为命。有一年夏天，她去斯特拉特福看莎翁剧时与一个男孩发生了一段美妙的感情，次年夏天，她寻到男孩的钟表店门前，男孩却对她视而不见，甚至插上了店门。她的自尊心受到伤害，这段感情无疾而终，她不得不继续回到与姐姐捆绑在一起的生活之中。多年之后，姐姐去世，在医院工作的若冰意外发现，原来男孩有一个双胞胎兄弟，对她表现出冷漠态度的并非男孩本人，而是他的双胞胎兄弟。我们意识到女孩的自尊心太强、太骄傲，这个弱点被捉弄人的命运抓住了，导致了最终的错过。可是在这篇小说里，巧合、偶然性太大了，或者说，我们对于命运弄人的印象深刻程度，远超过了我们对于女主人公人性的发现。除了宿命的悲情，我们很难在小说里发现更细微复杂的情感了。

但是在更多的门罗的小说里，强烈的情节有效地作用于人物的内心，揭示出复杂多变的人性，就像这篇叫《科莉》的小说。

让我们先从叙述视角的角度，来看一下门罗的写作策略。小说一开头，使用的是霍华德的视角，用他的眼睛打量着科莉家的大宅，认识了这个叫科莉的女孩。在这个部分里，我们对科莉的全部了解，都蒙着一层男主人公的主观色彩。但是到了他们成为情人、被女佣敲诈的事情出现之后，门罗悄悄地将叙事视角转移到了科莉的身上。霍华德的那扇门闭合了，我们不再知道他的感受，我们只知道科莉是怎么想的。显然，这篇小说更适合用科莉的视角来叙述，因为最终是她发现了真相，受到了情感的伤害。霍华德的动机和意图必须被藏得很好，才会产生最后的意外之感。值得思考的地方在于，门罗为什么会在小说开始的时候，使用霍华德的视角呢？首先，她在那一部分里已经做了很多铺垫，让我们在最后知道真相的时候，并没有感到太意外。比如霍华德说：

某个令人毛骨悚然的专追富家女的猎艳者一定会抓住她……她似乎既大胆又孩子气，刚开始男人可能会对她着迷，但接下来，她的鲁莽冒失，她的自鸣得意——如果那是自鸣得意的话——会令人厌倦。当然，她有钱，对有些男人来说，钱永远不会令人厌倦。

表面看起来，这段话是他在猜度某些男人的做法，事实上却暴露了自己的内心。他所受到的财富的诱惑，被非常隐晦地表现出来。而他又是这样评价科莉的：

他不确定在床上他会对那只脚作何反应。但在某种程度上那只脚似乎比她身体的其他部分更加动人，更加独特。

这句话其实是很残酷的。为什么她的残疾会令他觉得有趣呢？一种猎奇心理？或者说，那只脚多少能够激起他的一点怜悯心，因为它不像她所流露出的性情一样显得“鲁莽冒失，自鸣得意”。如果我们回过头再去读这些话，就会意识到他并不爱科莉。这是一个显而易见的事实，所以他别有所图也就并不意外了。此外，更为重要的是，这篇小说的主要意图并不是向我们揭示霍华德卑鄙恶劣的人性，而是借此让我们更加了解科莉是什么样的女人。所以小说最先以霍华德的视角进入，与科莉保持着距离，用一种远处打量的方式，让我们认识了她。随后我们慢慢走近了她，逐渐了解了她，直到最后结尾，我们完全沉浸在她内心的痛苦和失望里。那个时候，是我们与科莉最为共情的时刻，我们将会对她有全新的发现。这种发现令我们震惊的程度，已经超过了霍华德的卑劣人格，而那才是这个故事的核心。

为了了解科莉，让我们返回小说的前半部分，以霍华德的视角讲述两人发生亲密关系的时候。科莉说起自己不愉快的经历：

> 她告诉过他她不是处女。但结果发现那是一个复杂的不完全的事实，归因于她十五岁时一个钢琴教师做出的下流事。她配合那个钢琴教师的意愿，因为她为那些迫切渴望某些东西的人感到难过。

最后这句话可以解释科莉后来的很多做法。她为什么对霍华德从来没有过任何要求，既没要求他多来看望她，也没有要求他离婚。因为她有一种骄傲，认为应该克制自己的欲望，不能因此变得贪婪和丑陋。这显然和她良好的家教有关，也跟她从未真正涉足社会有关。小说一开始就告诉我们，她养尊处优，不需要做任何工作，而且被父亲完全保护起来。有用人嘲笑她的脚，父亲立刻解雇他以及他的家人。就像《睡美人》里的公主，国王担心诅咒应验，禁止任何人使用纺锤。这导致公主根本不知道纺锤是何物，所以当她见到的时候就很想拿起来看看。公主的不谙世事，成为她的弱点。在这个故事里也是一样，科莉父亲为了保护她，将她与那些为了生计殚精竭虑的人隔绝开来，致使她不知道真实的世界是什么样，也让她很容易被欺骗。

值得回味的是科莉知道真相之后的做法。她寄去一张字条，告诉霍华德那个女佣死了，以这样一种含蓄的方式，暗示对方骗局可以结束了。她为什么不戳穿霍华德呢？某种程度上说，这是她15岁时那次遭遇的重演。钢琴教师冒犯她的时候，她配合了对方，因为“她为那些迫切渴望某些东西的人感到难过”。而现在她再一次被她的难过击倒了。因为她的天真，她对那些欲望丑陋的人怀有深深的怜悯，所以任由他们从她这里拿走想要的东西。她的慷慨也是她的软弱。科莉是一种人的缩影，她们的天真和善良很容易被利用，或者说，那正是恶人可以安置他们丑陋欲望的地方。她出于怜悯所做出的配合，既没有迫使恶人受到惩罚、有所醒悟和悔改，也没有令她自己真正成长，摆脱被欺骗和被伤害的宿命。

## 逃离与承担

门罗的很多小说都关于一个主题，就是“逃离”。逃离眼前的生活，逃离婚姻，逃离家庭……那些主人公总是极力挣脱现在的身份和角色。这是一个能引起读者广泛共鸣的主题，因为当代生活里的人们被伦理道德、社会责任层层绑束，个人空间越来越狭促。逃离是一种对自由的追求，更是一种证明自己“存在”的方式。既然是一种证明自己“存在”的方式，门罗所关心的就不是结果，事实上，她笔下一些逃离的人物，最终又回到了原来的生活里，但这并不意味着“逃离”没有意义，因为他们需要在“逃离”中确认自己到底需要什么。逃离看起来是一种对外面世界的探寻，其实是一种对内在自我的审视。《离开马弗里》这篇小说，延续了门罗对“逃离”这一话题的探讨。特别之处在于，它将视点安置于一个守着一份责任始终没有逃离过的男人身上。这个叫雷的男人，爱上了比自己年龄大并且已经结婚的伊莎贝尔。伊莎贝尔离了婚，嫁给了他。但是不久之后，伊莎贝尔就得了心包炎，没有办法再去工作。雷当了警察，承担起照顾家的责任。后来他认识了一个叫利亚的女孩，利亚在电影院卖票，下班很晚，她父亲要求必须有个人护送她回家，电影院的老板就找到当警察的雷帮忙。于是雷经常深夜陪利亚走回家。有一天，利亚不见了，大家四处寻找未果。两天后，人们收到她的信，原来她和牧师的儿子——一个萨克斯手私奔了。几年后雷见到利亚，那时她已经是两个孩子的母亲，看起来很幸福。又过了几年，伊莎贝尔的身体越来越糟糕，住进了城里的医院。雷决定留在城里陪妻子，所以他在医院找了一份看护的工作，并且打算卖掉小镇上的房子。他回到镇上时听到一些传闻，利亚和小镇上的牧师好了，离开了原来的丈夫，而两个孩子被丈夫的母亲扣下，不能再与利亚见面。不久之后，雷在医院见到了利亚，利亚找了份工作，在那里帮助癌症病人做康复，她被后来的情人抛弃了，孩子的抚养权也没有争得。她现在一个人，什么都没有，但是却显得很坚强，还问及雷独自生活得如何，说她可以去雷家里做饭或者帮忙。他们告别之后，雷来到病房，护士告诉他一个他已经等了很久的消息：他的妻子去世了。雷走到外面，思绪从妻子的离去渐渐飘开。然后他想到刚才和他说话的女孩，想到了她失去了孩子，然后习惯了这种失去。

她可以被称作擅长失去的行家，相比之下他本人是个新手。

在这里，我们也许会联想到《一种艺术》[1]里的诗句，从而发现门罗和伊丽莎白·毕肖普之间的某种精神亲缘：

失去的艺术不难掌握 / 如此多的事物似乎都 / 有意消失，因此失去它们并非灾祸……

小说结束在雷努力回想着那个女孩的名字，最终他想起来了，利亚，这带给他一种如释重负的感觉。

在这篇小说里，雷和利亚有截然相反的价值观。利亚一直在逃离，也一直在为逃离付出代价。而雷一直在承担他的责任，同时也在为之付出代价。两人的代价不同，利

[1] 伊丽莎白·毕肖普：《唯有孤独恒常如新》，湖南文艺出版社，2015 年 3 月。

亚的代价是失去，雷的代价是自由。但最终，两人殊途同归，雷也失去了他所守护的人，变得一无所有。而且更残酷的是，这份失去给雷带来的重创，远比利亚的失去更大。因为利亚已经习惯了失去，而对雷来说，那却是全然陌生的可怕事物。

门罗曾在《纽约客》的采访中说她很欣赏利亚这个人物，因为她的勇气和坚强。但这并不代表门罗否定了雷的坚定守护的意义。这种守护是美丽的，也是沉重的。忠诚是一种自我牺牲，因为它包含着对自由的舍弃。不过需要注意的是，门罗并没有着力将雷塑造成一个无私奉献的英雄。或许我们可以想一想，门罗为什么给雷和他的妻子伊莎贝尔安排了一段前史，让他们的结合是有阻力的。这段涉足他人婚姻的经历使我们知道，雷并非没有道德瑕疵。但是他和伊莎贝尔因为爱情而结合，而爱情里包含着责任。随着时间流逝，爱的比例在降低，责任的比例在升高，责任一点点吞噬着爱。但是雷是这样一种人：他选择了他想要的人生，之后他就必须承担后果。在他的身上显露出来的是一种非常宿命的人生观。也可以说，是一种对命运的服从。但是在利亚的一次次逃离之中，却显现出一种对命运的反抗。门罗没有对这样两种截然不同的人生做出孰优孰劣、孰对孰错的价值判断。相反，她向我们指出一个更为残酷的真相，那就是不管逃离还是守护，最终我们都要面对失去。因为失去是人生无法回避的主题，不管你以何种态度对待人生。在这里，门罗非但没有将这两种人生对立，反而让它们交会了。在结尾巨大的留白里，她向我们暗示了雷和利亚有可能在一起。而使他们放下价值观的分歧，最终向彼此靠拢的，正是那个人生更大的命题，也就是“失去”。

在《离开马弗里》里，门罗打破了她过去所建立的逃离/承担的二元对立关系，让二者在更大的人生命题之前归于统一。可以说，这篇小说是作者对于她一直探究的主题的一次总结，为门罗式的“逃离”画上了一个美丽而伤感的句号。

## 作为序曲的终曲

萨义德在其作品《论晚期风格》里指出，晚期风格包含了一种不和谐的、不安宁的张力，最重要的是，它包含了一种蓄意的、非创造性的、反对性的创造性。这种蓄意的、非创造性的、反对性的创造性，非常明确地体现在《亲爱的生活》中的第二个部分，门罗将这一部分命名为“终曲”，带有明确的谢幕、离去之意。“终曲”由《眼睛》《夜晚》《声音》和《亲爱的生活》四篇童年故事组成，具有强烈的自传色彩，介乎于小说和回忆录之间。作者试图模糊虚构与非虚构之间的界限，使用一贯的短篇小说的方法设置悬念，构建人物，但同时不断将小说的世界戳破。比如：

我想如果我是在写小说而不是回忆曾经发生过的事的话，我绝不会让她穿那条裙子。她不需要这样的广告。

你可能觉得这过于糟糕了。生意不在了，妈妈也健康不再。在小说里这样是不行的。但奇怪的是我不记得那段时间不快乐。

门罗借由这些句子来提醒我们，这些故事属于她自己，而非她笔下的人物。这四篇故事包含着一些最初的恐惧和欲望，同时它们也是站在人生终点回望时难以泯灭的爱。我们发现事件会在时间中褪色，情节变得破碎，因果分崩离析，但是附着其上的情感仍旧那么炽热。事实上，把这四篇小说当作独立篇目来读，每篇和门罗以往的小说相比都显得简单，缺少那种层峦叠嶂的情节设置，而如果把它们视作一个整体，又会觉得它们的情感走向有点单一，是非常趋同的。然而门罗有意为之，在这些小说里放弃了曲折的情节和复杂的时空转化，用最朴素的方式捧出一颗颗炽热情感的结晶之物。那种化繁为简的朴素，那种拒绝阐释的自足，正是某种蓄意的、非创造性的、反对性的创造性。而那些被这样创造出来的结晶之物，是剥去一层层华丽的乘法之后，所剩下的最大公约数，也是藏匿在门罗无数小说深处的隐秘胎记。对于熟悉门罗小说的读者来说，这些故事里共同的女主人公——那个小女孩，一点都不陌生。她后来走进了门罗的无数小说里，在那些小说里继续成长，探索关于自己、他人和世界的秘密。从这一点上来说，这四篇发生在童年时代的故事，既是终曲，也是序曲，它们是门罗小说的入口，也将那个丰饶世界的门扉合拢，形成一个闭环。从某种意义上说，当未来读者接受门罗的建议，从这本书走进她的小说世界时，他们也将带领暮年的门罗奔赴她的童年和少女时代。作家的生命会在阅读中一次次复活。

但是晚年的门罗，没有将自己抛掷到“不和谐”和“不安宁”的创作危险里，她选择了与生活和解。所以在这本书里，并没有萨义德期待在晚期风格里找到的那种“不妥协、不情愿和尚未解决的矛盾”。如果说上一本书的书名《幸福过了头》还带有反讽的意味，《亲爱的生活》这个书名，所表达的则是对生活的由衷赞美。在同名小说《亲爱的生活》里，门罗讲述了自己刚出生时，一个疯女人来到她家，把脸贴在每一扇窗户上向屋子里张望，门罗的母亲为了保护刚出生的小女儿，用椅子挡住门，抱着她躲在角落里。多年以后，门罗通过疯女人的女儿发表在家乡报纸上的一首诗，知道自己小时候所住的那幢房子曾是疯女人的家，她透过窗户看到的可能是过去的时光，而她翻找婴儿车，也许是在寻找自己已经长大离家的孩子。在小说的最后一段，门罗话锋一转，平静地讲述道：

妈妈最后一次发病时我没有回家，也没有参加她的葬礼。我们总会说他们无法被原谅，或我们永远无法原谅自己。但我们原谅了，我们每次都原谅了。

这篇小说所要探讨的是母女关系，不是一组具体的母女关系，而是广义的母亲和女儿这两种人生角色。有一天，女儿做了母亲，会更加明白自己的母亲，但她的明白并不会化作某种回报。她对母亲的情感浓度，永远无法与母亲对自己的相比。回头看总有很多亏欠，使我们感到愧疚。那些愧疚是如何折磨我们的呢？门罗一字未提，而是直接跳过它谈起了原谅。对伤害和被伤害的原谅，这是一种典型的门罗式的写法。在重要的地方做出留白或镂空，如同在一个采访里，受访者陷入了长久的沉默，然后忽然拉远距离，以一种跳脱的姿态，谈起某种与之抗衡或将其抵消的情感，我们却从中体会到被隐去和略过的部分有多么沉重。同时，门罗也用这种方式提醒着时间在其中承担的重要作用。此时在回忆的人与彼时在经历的人有很大的差异。门罗喜欢用这种差异来呈现时间的意义，她在很多小说里引入了回望的视角，同时也在提供重新看待事物的路径。门罗对于情节的理解，不同于很多传统的小说家，她感兴趣的不是那些外部世界所发生的事情，而是它们如何作用于她的人物，在发生之后的很多年里，如何持续地影响和塑造着她的人物。

当门罗最后谈及原谅的时候，已经跳出了前面的关于母女的主题。她用一种多年后的平淡语气，来告诉我们一条适用于所有情感关系的箴言，就是最终我们原谅了所有我们曾经认为无法原谅的人和事。这是生活教会我们的事，它让我们松开紧紧攥着的手，把一切放归时间的河流，而我们也将因此获得安宁。在这篇名为《亲爱的生活》的小说里，门罗并未直接赞美生活，而是用这种不可思议的原谅，来表明生活的伟大之处。更确切地说，生活的意义来自那些难以释怀的痛苦最终被疗愈，也来自巨大的矛盾和冲突奇迹般地获得和解。

门罗的人物总是带有一种很强的自我教育的色彩。他们的成长很大程度仰赖他们在自己的回忆中学习，这是他们认识自己、了解世界的重要方式。在“终曲”这四篇小说里，她将她的人物变成了自己。她将自己在这些童年往事里对个人和世界的认识与发现呈现出来。那些认识和发现当然是宝贵的，对她的读者来说，可能具有巨大的启示作用，但是更重要的是，她在向我们示范一种自我教育的方式，亦即在回忆里学习。使用记忆写作，可能已经成为文学领域里的一种陈词滥调。有哪个作家不是在使用记忆写作呢？我们或许可以说，每个伟大的作家，都找到了属于自己的使用记忆的方式。在门罗这里，记忆不仅仅是书写的材料，还是生活的教材。在过去很多年里，她一遍又一遍学习这本教材，从最初的门罗，变成了最后的门罗。

## 伊恩·麦克尤恩：

# 消隐的边界

1959 年，跟随父母不断迁徙，在北非的海军基地度过了童年的麦克尤恩回到英国，进入伍尔弗斯顿·霍尔寄宿学校就读。在那里，他发展了对阅读的兴趣，喜欢上了阿加莎·克里斯蒂、格雷厄姆·格林、艾瑞斯·默多克，却对“更高级”的经典名著缺乏兴趣，比如莎士比亚。这一弱点在参加剑桥大学的面试时显现出来——面对考官提出的《麦克白》里的问题，他张口结舌，无法作答。在伦敦闲了一年之后，他终于进入了萨塞克斯大学。那段时间里，他曾因为身高而烦恼，穿上有增高垫的皮鞋，并用一副镜片很厚的眼镜把自己和世界隔开。他开始写作，弗洛伊德是那段时间里令他着迷的作家。毕业后他考入了东英吉利大学，成为新成立的创意写作班的第一位学生。他的老师是安吉拉·卡特，两人后来一直保持着良好的友谊，麦克尤恩定居伦敦之后，有时候卡特会邀请他去家里吃饭。很难说麦克尤恩从卡特那里学到了什么，毕竟这位老师的风格过分强烈，放眼英国文坛也只有她一个人那么写作。但是，卡特的写作至少带给他一种启示，就是可以在主流社会之外寻找自己的写作素材，这对当时的麦克尤恩来说，是极大的鼓励。由于他出身于相对底层的家庭，早年又随父母在海外漂泊，他对作为社会主体的中产阶级一无所知。而主流文学是关于中产阶级的生活的，那显然不可能成为他的创作素材。写作之初，他所体会到的就不是无拘无束的自由，而是一些边界的存在。他需要跨越过去，或者说，用文学的幻术弥合那条沟壑，使那堵墙消失。

在短篇集处女作《最初的爱情，最后的仪式》里，麦克尤恩选择了一些游离在社会边缘的人作为他的主人公，其中很大一部分是孩子和少年。他们的故事不必跟英国社会发生太密切的关系，没有那么多时代和阶层的烙印。恰恰因为如此，在他们身上反倒能看到一种普遍性。麦克尤恩仿佛把自己关进一个封闭的实验室，将他从弗洛伊德那里学来的东西，投入对于人类天性的研究之中。

表面上看，这些通过孩子和少年展现的天性是冷酷和邪恶，事实上他们并不自知，那主要是来自一种对禁忌的好奇以及想要越过那条边界的企图。成人和孩子的区别在于，成人知道道德的边界在哪里，什么地方是禁区。但是在孩子的世界里，边界是模糊的，而边界的另一边，那块禁止入内的区域，就像一件没有得到的玩具一样充满诱惑。更重要的是，他们不清楚闯入禁区的后果是什么，更不会去想那个后果是不是他们能够承担的。《蝴蝶》的主人公是一个孤僻的青春期少年，他把一个喜欢跟着他的小女孩诱拐到没有人的山洞里，猥亵她之后将她杀死。在女孩那里，他试图索取一丝温暖来化解内心的孤独，可是失败了，没有什么能化解他的孤独，于是他像拈死一只蝴蝶那样杀掉了女孩。少年自始至终如同局外人一般冷漠，好像失去了感知生命的能力，任何和世界连接的努力都是失败的，他被隔绝在一个人的世界里。少年的做法是极端的，可他所感受到的孤独却是普遍的。孩子的邪恶里混杂着天真，或者说，因为天真，他们才会显露出那样不计后果的邪恶。这种混杂着天真的邪恶，在麦克尤恩随后出版的第一部长篇小说《水泥花园》里表现得淋漓尽致。这部小说同样以几个少年为主人公，在他们的父母相继去世之后，四个孩子因为不想被送进孤儿院，从此分离，于是隐瞒母亲的病逝，将尸体砌进水泥墙里，在一幢房子里开始原始、自生自灭的生活。四个孩子当中的长女和次子担任起这个临时家庭的父亲和母亲，像伊甸园里的亚当和夏娃那样，通过探索性的边界来认识自己。是枝裕和的电影《无人知晓》讲了一个非常相似的故事，同样是一群孩子，在无父无母、远离社会的状态下生活。但是《无人知晓》里，孩子们并没有建立自己的秩序，他们身在社会之外，眼巴巴地看着社会里的人，模仿着他们的生活。《水泥花园》里的孩子，则像是被一股离心力甩了出去，完全脱离了社会秩序的约束，流露出原始、荒蛮的天性。

在二者的差异里，我们能看到日本与英国社会的不同，更重要的是，创作者对于孩子天性的理解非常不同。麦克尤恩更为强调孩子身上没有被社会化的那部分。就像我们前面所提到的那样，孩子是社会之外的一个群体，他们展露的是人类没有被规训的天性。《水泥花园》中，当母亲在病床上咽了气的时候，几个孩子难过地哭了起来。姐姐拉过被单盖住母亲的头，母亲的脚从被单的另一端露了出来。妹妹向下拉被单，将母亲的脚盖住，母亲的头又露了出来。姐姐又把被单向上拉，母亲的脚再次露出来，妹妹又把被单往下拉。最后姐妹两个人上上下下一来一回地拉扯着被单，然后她们笑了起来，就在刚刚死去的母亲旁边。这一幕真实吗？它在现实中几乎不可能发生。可是我们却感觉很真实。在阅读小说的时候，我们经常会发现这样一些细节，它们从未、也不太可能发生在生活里，可是却令我们感觉很真实。那是因为这些细节揭示了事物的某种本质。《水泥花园》的这个细节之所以感觉真实，因为它揭示了孩子的天性：一种游戏的天性，甚至连死亡也不能阻止它的流露。何况死亡到底意味着什么呢？孩子尚未完全知晓它的意义。生与死之间的边界是模糊的，所以可以在死亡面前做起了游戏。他们的冷漠也是一种天真。

这本书为麦克尤恩赢得了“恐怖伊恩”的称号。所谓的“恐怖”，并不是恐怖电影里那种令人惊悚的神鬼之物，而是被带到了人性中一块陌生的地带，所感到的心理上的害怕。那块陌生地带之所以陌生，是因为人们受到种种禁忌的约束，无法抵达。但是师从弗洛伊德的麦克尤恩，在其中看到了被压抑的欲望，他决定松动那个阀门，让漫溢出来的水流越过边界，引向人性尚未被展示的幽深腹地。

如果说，在早期小说里麦克尤恩对于边界的兴趣主要集中在道德领域，那么在后来的小说里，边界也开始体现在不同的阶层之间。随着写作事业大获成功，麦克尤恩很快跻身于中产阶级。虽然写作完全改变了他的命运，完成了阶级的跨越，但是他自己似乎并不怎么相信这种奇迹，至少这种奇迹没有降临在他小说里的人物的身上。在《赎罪》《在切瑟尔海滩上》以及《儿童法案》等小说里，男女主人公无法走近或者最终分离的原因，都和阶级密切相关，跨越阶级的努力总是以失败告终。面对等级森严、阶层固化的英国社会，麦克尤恩似乎表现得十分悲观。以晚近的作品《儿童法案》为例，这部小说讲的是一个来自信奉犹太教家庭的少年，罹患白血病，却因宗教教义禁止输血，只能眼睁睁地等死。小说的主人公——50 多岁的女法官菲奥娜·迈耶接手这个案子，并前去医院探望少年，最终她通过法律替未成年的少年做出选择，强制执行输血。少年因此得救，并且对女法官产生了一种特别的依恋。处在信仰瓦解边缘的他离家出走，无处可去，在最孤独的时候求助于女法官，然而女法官因为身份的束缚，将少年拒之千里。不久之后，女法官获知，少年的病情复发，这时他已经过了法定年龄，可以自行选择是否输血，而他的选择是拒绝输血，并因此失去了生命。在这篇小说里，少年怀着真挚而热烈的情感，希望能够走近女法官，但那是不可能的。阻隔在中间的东西不仅仅是年龄以及女法官的家庭，更重要的是，他们分属不同阶级，是两个世界的人。当法律的判决推倒了少年原有世界的围墙，少年渴望走入女法官所代表的文明社会，然而教育、社会背景等决定了他根本找不到一扇通往那个世界的大门。除了阶级的边界，这篇小说同时也探讨了法律的边界。法律是否可以长驱直入，任意进出那些宗教和古老文化统治下的领地，行使自己的权力呢？法律的边界到底在哪里呢？

麦克尤恩不仅对于这些人性和社会中的边界充满兴趣，他对于存在于小说本体中的虚构与真实之间的界限也同样满怀热情。当麦克尤恩让他笔下的主人公是一个作家的时候，我们就需要提高警惕了。他绝对不会浪费这一狡猾的视角，或者说，他已经准备好把自己热衷的游戏交到他们的手上。《赎罪》里的女主人公布里奥妮是一位命定的作家——在她还没有成为一个作家的时候，她已经在用作家式的想象来代替现实，来主宰他人的生活了。但事实证明，太早展示出这种作家的天赋并非好事。更确切地说，布里奥妮在她开始动用想象的才能的时候，已经铸成了大错。13 岁那年，布里奥妮凭靠自己的臆想，错误地将与姐姐相爱的男人罗比指认为强奸犯，使对方入狱。这件事改变了罗比和姐姐的人生，也改变了布里奥妮的人生。在小说的随后两章里我们读到，姐姐离家，成为战地护士。布里奥妮也放弃了安稳的人生，紧随姐姐的步伐。在战争中，布里奥妮遇到了入伍参战的罗比和姐姐，见证了这对恋人的团聚，并送上自己的祝福和迟来的道歉，一切都还来得及，听起来这是一个令人欣慰的故事。然而等到小说的第四章，布里奥妮以年迈女作家的身份登场，我们才发现前面所读到的是她所写的小说。在真实的版本里，姐姐和罗比都在战争中不幸丧生，而布里奥妮永远也没能向他们道歉并获得原谅。她一生都活在歉疚之中。正是这份歉疚，使她写下了那个拥有完满结局的故事。

在麦克尤恩的其他长篇里，故事总是发生在较短的一段时间里，只有《赎罪》的时间跨度很长，当读者和晚年的布里奥妮一起回望她的一生时，也将目光投向了她所走过的漫长的 20 世纪。小说用很大的篇幅所展示的三位主人公在“二战”中的经历，也成为一代人的缩影。根据小说所改编的电影以其恢宏的史诗气质，获得了奥斯卡提名。不过，麦克尤恩对于少女布里奥妮细致幽微内心世界的展示，并没有在电影中得到充分呈现，事实上，那一部分是小说最精彩的地方。布里奥妮为什么会指认罗比是强奸犯呢？因为她性情鲁莽和偏执，因为她不懂得爱，把情欲界定为冒犯，还因为一种微妙的嫉妒心。小说一开始就告诉我们，13 岁的布里奥妮想当作家，为了迎接哥哥回家，她打算将自己写的剧本排演成话剧。她对秩序有强烈的渴望，希望一切都符合自己认定的秩序。当罗比对姐姐的情欲，成为扰乱秩序的因素时，她只想把它消灭。所以，布里奥妮所犯下的错，虽然假正义之名，却也是对自己手中所掌握的虚构的权力的捍卫。虚构造成的谬误，只能通过另一次虚构来纠正，两次虚构构成了一个括号的双翼，将布里奥妮的一生拢在其中。小说的最后，当我们发现令人欣慰的圆满结局其实是布里奥妮编排的故事时，不禁感到唏嘘。被欺骗的滋味并不好受，但是同时，我们也必须承认虚构竟有如此大的威力。事实上，布里奥妮以及布里奥妮所写的故事，皆为麦克尤恩所创造，然而当我们发现布里奥妮所写的故事是假的的时候，这两部分出现了断裂，一部分离我们而去，我们只能紧紧抱住剩下的一部分。

也就是说，那种抓了一把空气的虚无感，迫使我们和布里奥妮站在一起，相信她的存在。这个人物变得无比真实，她的情感散发出巨大的能量，我们对那份永远无法赎罪的遗憾感同身受。

《赎罪》所探讨的主题之一，正是虚构这件事本身。我们都知道小说是作家的虚构，虚构如同一种魔法，但是我们更倾向于忘记它是假的，心甘情愿地被催眠，沉入魔法的世界。如果有谁在一半的时候把我们叫醒，我们会很生气，有时还会感觉惊恐，因为一个伸手就能触碰到的世界从眼前瞬时消失了，一个像亲人、爱人一般牵动我们的心的人物突然不见了。那种感觉极大地破坏了作家与读者之间的契约，然而现代小说与传统小说的区别，正在于对这种契约发起挑战，对固有的叙事方式进行某种程度的冒犯。作家不断探索着叙事的边界，任何冒犯都是一种对边界的突破，我们在其中获得颠覆性的、前所未有的阅读体验。麦克尤恩显然是这种叙事探索的热衷者。他不仅用魔法把我们带入虚构的世界，还在中途将我们唤醒，让我们思考虚构本身。在这里，麦克尤恩对读者提出了更高的要求。所以《赎罪》是一部丰富的小说，不同的读者在其中各取所需，喜欢阅读故事的读者读到了荡气回肠的故事，而更专业的读者则会获得不同的阅读体验，产生对虚构及小说的深入思考。

麦克尤恩显然很享受这种叙事的冒险。我们可以感觉到，他在创作这样的小说的时候，自己也会获得巨大的快乐，一种以小说这种形式带给他的无可替代的快乐。正因为如此，他才会在《甜牙》这部小说里故技重施，把对虚构本身的探索又尝试了一回。由于《甜牙》和《赎罪》隐藏的机关很相似，主题又不及《赎罪》深刻，致使《甜牙》很可能屈身于《赎罪》炫目的翅羽之下。然而，值得钦佩的是，麦克尤恩对于写作本身的热情和忠诚，这时他已经来到了创作生涯的晚期，却并没有被名声所累，将小说变成一种表达观点、阐释理念的载体，而是能够专注于虚构这种形式的探索，如同好的足球运动员会享受比赛本身，好的小说家也会享受虚构本身。

《甜牙》以一个名叫塞丽娜的女孩作为叙述者来讲述她自己的故事。20 世纪 70 年代的英国，她成为受雇于军情五处的女特工，接受了一项特别的“甜牙”任务，负责接近并引诱一位名叫汤姆·黑利的作家，通过让他接受资金资助，悄悄控制和操纵他的写作。一如我们猜想的那样，塞丽娜和汤姆相爱了，这是一个间谍与反间谍的精彩故事，但它并不是全部。是的，我们不能忘记男主人公是一位作家。到小说的最后，我们会发现所读到的每一个字，都是这位作家的杜撰。这一反转性的结尾，所颠覆的并不是情节，而是叙事本身。令我们信赖的讲述者忽然变了声，眼前这位有血有肉、近在咫尺的女主人公撕掉面具，变成另外一个人，如同聊斋里的画皮，是极其恐怖的体验。塞丽娜是假的，是被创造出来的，在汤姆·黑利先生现身之后，她被彻底消解了，但我们无法接受这个现实，只希望她再度回到我们面前。麦克尤恩用“假”激起了我们对“真”的渴望。故事不再只是故事而已，我们发出抗议，在这里，是我们违反了作者和读者之间的契约，因为我们在阅读中，也参与了人物的创造。《甜牙》能甄选出一类读者，他们欢迎作家的欺骗，只要那是高妙的，他们将会欣然走入叙事的圈套，因为他们热爱虚构这门艺术，着迷于叙事的游戏性。

有评论家指出，麦克尤恩的创作有操纵读者的倾向，有时候他会隐瞒部分信息，延迟揭示真相的时间，吊足读者的胃口，或是令他们大吃一惊。这种做法保持、加大了故事的张力，是不错的叙事策略。但是它并不总能令那些机智的读者满意，有时反倒令他们产生抵触和厌倦的情绪。如同一场发生在作者和读者之间的智力角力，麦克尤恩未必总能获胜。虚构对于作家来说，到底有着怎样的意义呢？答案一定是不同的。对麦克尤恩来说，它本身就是一种具有侵略性、冒犯性的操纵。在这方面，《赎罪》中的布里奥妮是麦克尤恩的最佳代言人。她希望一切都按照她写好的脚本发生，当现实违背了她的意愿，她不惜操纵亡灵，篡改结局，让虚构再次凌驾于现实之上。

珍妮弗·伊根：

# 恩赐与掠夺

## 恶棍抑或圣诞老人

2011年，珍妮弗·伊根的长篇小说《恶棍来访》一经问世，横扫各项文学大奖，包括2011年度普利策文学奖和美国国家图书奖。有人称之为最具实验性的魔方体，有人认为它是一种后后现代小说。这部小说收获的所有赞誉，几乎都包含着对其别致的形式的认可，以及它所展现出的独属于这个时代的特质。

尽管小说的形式很炫目，但《恶棍来访》所探讨的主题却非常古老，它就是“时间”。“时间”是人类最大的敌人，在小说领域里，它也是最难征服的猛兽。因为它以其无边无形和无处不在的属性，反抗着作者为之赋形，将个人意志加诸之上。然而很多伟大的作家，还是会向这一难题发起挑战。普鲁斯特、福克纳、乔伊斯、托马斯·曼……他们用自己独特的时间观去缔造小说的血肉和灵魂。一部关于时间的小说，或许应该包含着作者对于时间的独特理解，在《喧哗与骚动》里，时间是停滞的；在《魔山》里，时间是螺旋的；在《追寻逝去的时光》里，我们可以回到过去的时间。《恶棍来访》的扉页上引用了普鲁斯特的两段话，珍妮弗·伊根在向心爱的作家致敬的同时，暗示了这部小说对于普鲁斯特的时间观的接纳和继承。

《恶棍来访》由 13 个故事组成，故事的时间顺序被完全打乱，从过去到现在，从现在到更久远的过去。有趣的是，在大多数篇章里，伊根并没有把年份和日期直接告诉我们。我们如同跟着人物一起在时间中旅行，忽然推开一扇门走进一个故事里，却不知“今夕是何年”。我们需要通过人物此时的年龄，一些事件相隔的年数去推算，最终确定自己置身于哪块时间的甲板上。比如，在《X's 和 O's》里，男主人公本尼的孩子克里斯托弗刚出生三个月，而在《金箔疗法》

里，他的孩子上小学四年级，九岁左右，我们由此得知后面的故事是在前面的故事过去九年之后发生的。要把这 13 个故事所发生的时间都找到，如同解一道头绪纷繁的数学题，但同时也会得到极大的乐趣——读者通过阅读所获得的只是散落一地的拼图块，要得到完整的图画，他们必须自己动手将它们拼在一起。当我们列出这部小说的时间表，也将对小说的整体结构有更清晰的认识：小说的第一、二两章发生在 2007 年左右，第三章是 1979 年，第四章是 1973 年，第五章来到了 2011 年，第六章又去了 1998 年，第七章是 2005 年，然后是 2010 年和 2011 年，再返回 1995 年和 1993 年，最后两章是未来时，发生在 2020 年。在这样的时序之下，读者往往已经知道了人物后来的命运，又进入到他的早年时光。叙述者有意打破了线性叙事的束缚，将故事从因果的传送带上解脱出来。这一叙述方式，无疑浇灭了那些热衷于追问“后来呢”的读者的好奇心，因为“后来呢”有可能一开始已经知道，那从来不是叙述者挽留读者待在故事里、继续读下去的一颗砝码。

除了时间表，读者可能还需要绘制一张人物图。这部小说涉及几十个人物，他们之间具有千丝万缕的联系。在 13

个故事中，有的人物是其中一个故事的主角，在另一个故事里则是配角，或者只露了一小面，又或者只是被提及。另一部比《恶棍来访》早两年问世，并且也获得普利策文学奖的作品《奥丽芙·基特里奇》也采用了类似的结构，每个故事各自独立，又互相关联，它们共同呈现了一组人物的群像。如果说这种文体介乎于短篇小说集和长篇小说之间，那么《奥丽芙·基特里奇》可能更偏向于短篇小说集那一端，而《恶棍来访》更偏向于长篇小说。这是因为《恶棍来访》的故事之间，除了以相同的人物和呼应的情节作为连接之外，还有一根隐形的脊柱，那就是“时间”。每个故事都像是一个点，我们把它们连缀起来，就可以看到人物命运的轨迹，他们在岁月中的起起落落，离开或坚守，这条曲线蕴藏着时间之于个体的丰富意义。最终，时间成为凌驾于每个故事之上的更为抽象和深刻的主题，使它们体现出一种整体性。

《恶棍来访》这个题目取自一句谚语：“时间像一条恶棍。”时间就像恶棍那样上门来找麻烦，将人们洗劫一空。伊根笔下的人物在时间的造访下，不断经历着失去，整部作品弥漫着怀旧和感伤的气质。小说所指向的过去，主要是20世纪80年代，一群深受嬉皮文化影响的年轻人追寻着他们的音乐梦想，新世纪的到来，唱片业的衰败使他们的梦想触礁，带着颓唐的意志走入了中年的迷茫期。本尼和斯科蒂曾是少年时代的好友，在经历了婚姻和事业的挫败后，两人再度联手，完成了一场精彩的演唱会，并通过新媒体的方式募集粉丝，获得了巨大的反响。小说还写了和本尼、斯科蒂一起长大的那群女孩以及他们当时的音乐偶像。小说就像从一个旋涡中央向四周散开，逐渐延伸到远处，所触及的更多人物被邀请到这个故事里来。于是，犯过罪的公关公司女老板、有精神问题的记者、过气的女明星、某国独裁的将军次第登场。从结构上来看，本尼居于这个巨大旋涡的中央，和他相关的人物及故事最多，可以说他是这本书的男主人公。小说的另一条线索，则是围绕着曾担任本尼助手的女孩萨莎展开的。她少年时代曾是个问题少女，大学时经历了最好朋友的溺水身亡，成年后依然摆脱不了精神隐疾的困扰——总是无法控制自己去偷窃。她与男人频繁约会，却很难建立稳定的感情。后来通过来自 21 世纪 20 年代她女儿的讲述，我们知道萨莎和大学时的男友德鲁恢复联系，离开了喧嚣的纽约，在西部的沙漠中生活，并且有了一儿一女，虽然生活仍有烦恼，但是她似乎已经走出了年轻时的困顿和迷茫。同样，萨莎也像一个旋涡中心，她周围的人物——舅舅、好友、女儿，甚至包括一个有着露水情缘的约会对象也都出现在小说中，并且担当叙事者。传统小说中，主角往往是固定的一个或者几个人，主要情节围绕他们展开。但是《恶棍来访》在一定程度上削弱了这种中心化，13 个故事有 13 个叙事者，让很多相对次要的人物发声，讲出自己的故事。这种去中心化的散点叙事，也是后现代小说的一个特点。在一个更加纷繁、多元的世界里，单一叙事中心所带来的封闭性和权威性遭到破坏。更多的人物、更多的信息涌入故事，使之分裂、衍生，变成一系列的小故事。每个人物只拥有一小片舞台、一小簇关注，其他时间他们不得不摘下主角光环，到别人的故事里跑跑龙套。

虽然《恶棍来访》抛弃了线性叙事，故事在时间中循环往返地绕圈，但是当读者按照时间轴重新排列，把每个拼图块放在它应该在的位置，还是会得到一幅完整的画卷。也就是说，读者还是会看到有起有落的人物命运曲线，并获得他们最终的结局，从这一点上来说，和线性叙事的小说没有差别。所以我们也可以说，这种对“线性叙事”的破坏，只发生在故事的表面。或者说，伊根只是为我们增加了获取线性叙事的故事并掌握它所表达的意义的难度，让这条路径变得更曲折。由此我们看到，在对叙事的破坏性上，《恶棍来访》可能走得并没有表面看起来的那么远。它的后现代性，更多地体现在它的形式而不是精神内核上。在对时间的思考上，伊根似乎急于去肯定它的价值，反而落入某种俗套的窠臼。最终我们会发现，她要写的并不是时间之恶，而是时间的仁慈，这可以从几位主要人物的结局看得很清楚：本尼和斯科蒂东山再起，重获成功，而萨莎摆脱了精神困境，寻回爱情，拥有了婚姻和家庭。伊根试图告诉她的读者，时间并不仅是恶棍，同时也给予了人们丰厚的馈赠。主人公的追求总是会得到回报，这是一种信奉“美国梦”的乐观，也符合大多数读者的期望。不过，任何主流的价值取向，都是创作者应该警惕的，因为那很可能是一种无形的束缚。优秀的作家有时也很难摆脱，所以我们经常会看到一些来得过于轻易，或者过于牵强的圆满结局。《恶棍来访》里，本尼和斯科蒂迎来的逆转性胜利，多少有点这种倾向。时间摇身一变，从一条恶棍变成了圣诞老人。一切都会好起来的，不仅如此，还会变得很好。伊根对读者的承诺，似乎有点太多了。不过，即便如此，读者可能还是情愿站在伊根那一边。毕竟时间的残酷很容易看到，即便现在不能，也终将看到，然而关于时间的仁慈，嗯，请告诉我再多一点吧。

## 少年残像

最初写作的那些年，珍妮弗·伊根同时是一名记者。她采访乐队歌手、模特和明星，也采访一些离家出走、染上毒品的青少年。有些采访对象后来成为她小说人物的原型。特别是迷茫的青少年，出现在她的很多小说里，她以深刻的洞察力和丰沛的同情心，写出了他们特有的敏感与脆弱。敏感与脆弱无疑是他们的弱点，但同时也是他们的天赋，使他们不凡，使他们耀眼夺目。《恶棍来访》里有很多这样的青少年，他们遭遇到某种成长的困难，如同深陷沼泽，无声地奋力挣扎。有人成功了，有人没有。在这部小说里，有两个男孩死去。伊根试图让我们感到，长大绝非一件容易的事，并不是每个人都可以顺利通过这段生命旅程所设置的全部路障。

其中一个死去的男孩叫罗伯特，是小说中某一章的主人公。他的困难来自发现自己可能是同性恋，他没办法顺利接纳这样的自己，至少现在（他正在读大学）还不能。在这个篇章里，三个主要人物构成一种三角形的关系，萨莎和德鲁这对情侣之外的第三条边，罗伯特爱着萨莎，同时也爱着德鲁。对德鲁的爱里掺杂着欲望与好奇，而对萨莎的情感则更加微妙，我们很难去定义它，那似乎是一种更精神性的、更圣洁的情感。他们的感情在这一段故事开始的时候已经牢固地缔结。我们知道，这时的萨莎已经走出了迷茫混乱的少年时代，进入大学，继父暗中找了人监视她，希望确认她已经变成了正常人，而萨莎为了证明这一点，决定找个人充当她的男朋友。当她找到罗伯特的时候，罗伯特的疑问是，为什么是我？萨莎自己或许也并不能说出其中的因由。因为驱动她的力量并非理性，而是一种直觉，使她在人群中认出了他，知道他是自己的同类，他们一样具有某种成长的障碍。不同的是，现在萨莎有了跟德鲁的爱情，跻身正常人的行列之中，出于嫉妒心和对德鲁的占有欲，罗伯特向德鲁揭发了萨莎不堪的往事，试图将其打回原形。

在这段故事的结尾，罗伯特为了证明自己的勇气和男子气概，跳入冰冷的河里游泳，溺水而亡。而我们很清楚，这也是他希望获得萨莎原谅的一种赎罪方式。濒死的时候，他听到萨莎在耳边敦促他：打败它，打败它！仿佛只有萨莎能看到他们无形的敌人正在争夺他的生命，要他放弃生命的意志。那时我们会更明白，他们对彼此的感情，是两个残缺的孩子之间的互助和扶持。这种残缺无法被健康的人理解，也无法被健康的感情治愈。

值得留意的是，这个篇章使用了比较少见的第二人称叙事。事实上，伊根在构成小说的13个篇章里，使用了多种不同的文体，使每个故事都与其他不同，也使那些故事所发生的时间点，都具有独特的氛围。细心的读者会发现，在这个通篇使用第二人称的故事里，“我”这个人称在最后的一刹那出现了，也就是小说的最后一段：

> 你跪在萨莎的身边，呼吸着她熟睡时那股熟悉的味道，对着她耳语对不起和我相信你和我会一直在你身边保护你，以及我永远不会离开你，你下半辈子会一直有我萦绕在你的心头之类的话，直到河水紧压着我的肩膀和胸膛，把我挤醒，我听见萨莎对着我的脸尖叫着：“使劲！使劲！使劲！”

在这里，我们会发现“你”和“我”所指的都是罗伯特，但它们似乎指代着罗伯特的不同部分。一部分在对另一部分说话，称另一部分为“你”。这一章的题目取作《身体之外》，已经告诉我们这个说话的声音在哪里。它是罗伯特游离在身体之外的那部分意识，它们好像飘浮在空中，用一种置身事外的视角来看待发生在罗伯特身上的事，将他称为“你”。而最后一刻，当生命将要结束的时候，这部分意识也受到威胁，终于无法再冷眼旁观，只好回到身体里，和“你”共同组成了“我”，同死神进行最后的搏斗。由此可以看到，这种第二人称叙事的文体，绝不仅仅是一种呈现形式，伊根借此向我们展示了罗伯特的逃避型人格。他拒绝面对自己的性取向，也无法承担自己所犯的过错，因而将这一切都推到“你”的身上，这样他就可以摆脱面对和承担所带来的痛苦和折磨。这种人格分裂正是精神困境的写照。然而，罗伯特逃避的本质原因，是他无法接受自己的灵魂有任何不洁，那是一个孩子对污秽和世故的笨拙反抗。他抓着那份纯真不放，所以无法通过关卡，进入成人世界。这个故事受到罗伯特视角的限制，结束在他的意识熄灭的那个时刻。关于这个事件给萨莎和德鲁带来的冲击，我们要在后面的故事里，通过其他人物的侧面讲述才会知道。很多年后，他们重新联络上对方，并且走到了一起。所以我们知道他们分手了，应该是因为罗伯特的事故。这个夹在他们中间的多余的人被清除了，却给他们的感情留下一条很深的沟壑，使这段快乐的青春生活落下了帷幕。在《恶棍来访》里，每个故事都只是一个时间的截面，如同一个狭促的车站，人物短暂地相聚在那里互相取暖，而在下一个故事里，他们早已离散，奔向自己命运的下一程。

关于萨莎早年的成长困境，在另一个故事里有所展现，从顺序上，它被放在这篇《身体之外》的后面。这部小说里的时间看似是无序的，其实每篇安置在什么地方，都经过了作者的精心选择。比如在关于萨莎的几篇故事中，有一条隐含的线索，即我们不断了解她、走近她的过程。小说最开始，我们知道她有偷窃的毛病，在接受心理治疗。《身体之外》里罗伯特声称，萨莎早年吸毒，做过妓女，我们隐隐觉得这些事或许是真的，因此对萨莎也抱有某种成见。然后我们来到了这篇讲述萨莎早年时光的《再见，我的爱》里。在这篇小说里，伊根正是利用了我们对萨莎的成见，她选择了一个和我们同样抱有成见的叙述者——萨莎的舅舅，让他带着我们的疑虑上路，去发现真正的萨莎是什么样。那时，还在读中学的萨莎离家出走，一个人去了那不勒斯，和家里断了联系。这位泰德舅舅要去意大利工作，就被萨莎的妈妈派去寻找萨莎。泰德本想随便找一圈交差，没想到还真遇到了萨莎。两人吃了一顿饭，舅舅说教了一番，劝她早点回家，末了发现自己的钱包被外甥女偷了。他找到了萨莎的住处，堵在门口，最后萨莎终于让他进去了。简陋的小房间里，放着学习的书籍和萨莎从各地收集来的纪念品。这些纪念品也曾出现在《身体之外》里，它们来自萨莎去过的不同地方，更来自萨莎曾经历过的各个时间。它们是时间旅行的纪念品，是记忆的证物。泰德还注意到，窗户中央挂着一个衣架弯成的圆环，搞不清楚是干吗用的。窗外的太阳正落下去，他和萨莎坐在床边，看着外面。在他的想象里，萨莎应该过着醉生梦死的堕落生活，但是事实并非如此。

泰德直到现在才明白昨天不知为何竟未理解的事情：他的外甥女在异国他乡孑然一身，一贫如洗。

自这之后，叙述忽然跳开，以多年后泰德的视角来看待这段往事，同时交代了那时候萨莎的情况——她和德鲁重逢并结婚，生了两个孩子，看起来很幸福，但是泰德同时提醒我们她的生活“有喜也有忧”。至于“忧”是什么，我们要到后面的故事里才会知道。但是在这里，我们可以看到，此次寻找之旅使原本疏远的泰德和萨莎走近了，泰德后来经常会去看萨莎和她的家人。因为这次寻找让泰德更加了解萨莎，知道她是什么样的人，先前的偏见消除，变成了怜爱和认同。那个亲密的、心灵相通的时刻出现在这个章节的最后，叙述把我们带回了泰德和萨莎并排坐在窗前的那个时候：

> 就在这时，他发现太阳落在了窗户当中，落在了那个粗糙的圆形铁环中间。他惊喜交加，朝萨莎扭过头去。萨莎望着太阳，轻声说，“看，它是我的”。

伊根没有过多去展示萨莎在异域的外部生活，她让我们去关注的是这个女孩的内心。结尾的这个场景为我们留下了很多想象的空间。我们可以想象，每天傍晚，这个女孩哪儿也不去，守在异乡狭小的出租屋里，凝视着窗外的太阳，等着它落入自己的圆环。那是一种孩子气的执拗和天真，一种渴望将世界拥入怀中的热情。为了那一刻的满足，她可以忍受漫长的孤独。仅凭这一画面，我们已经非常了解萨莎。她的放逐并不是一种自我放弃，她只是选择了独自去面对成长的困难。她的内心仍旧守护着一种信念，向往着美好的事物。好像还不止这些。这幅落日图景所传达出的东西，远比我们可以阐释的更多。它所刻画的人物，是具象的、生动的，难以概括和总结。所以我们可能无法说清楚萨莎是什么样的，但是我们觉得自己的确了解她。可以说，这个出租屋里的落日进入圆环的时刻，是对萨莎内心世界的展示，我们和泰德一起抵达了那里。

这个萨莎早年的故事，不仅使我们了解了这个人物，同时也让我们知道，她将在未来很多年里要面对的重要课题，那就是如何处理自己的精神困境。时间将会作用于她，带来改变的契机，至少伊根愿意将时间的仁慈，更多地施予这位可爱的女主人公。但是在萨莎的几个故事中，我们也会看到一种反复，因为人是很难彻底改变的，少年时的困境所反映的并不只是当时的麻烦，而是灵魂的天然缺损，它将会伴随一生。所以治好的心疾会再次发作，驱走的阴影会再次笼罩下来。但是正因为人很难改变，这种反复也可以成为一种失而复得，失去的感情又找到了，失散的人又回来了。一如萨莎最终和德鲁重新在一起。时间的潮水来了又去，冲走了很多东西，又带回来一些。在萨莎的故事里，伊根让我们看到那些时间中的寻回之物。珍视记忆，并且心有所期，有一天就会等到时间将它夺走的东西归还。我们知道萨莎就是这样的人，所以她领到的时间的恩赐最多。

## 心灵的图表

《恶棍来访》这部小说的形式特别之处，还在于其中的一个篇章是用 PPT 来呈现的。伊根使用大量图示和表格，以及有限的用以说明的文字讲了一个很完整的故事。故事被安置在 21 世纪 20 年代，叙述者是萨莎 12 岁的女儿艾莉森，似乎旨在预言一种发生在近未来的叙事革命。

对那个时代的孩子来说，完整成篇的文字未必是故事的必要载体，与之相比，表格、示意图以及数据似乎更容易用来表达他们的想法，讲出他们的故事。当然，在 PPT 里我们仍然要用到文字，但那些文字是碎片化的、说明性和概括性的，不再具有连成一片蔓延、繁殖的强大力量，它们被隔绝在图表的边框里面，显得很孤独。同时，图表呈现出一种后工业时代的荒凉之感。每个人都被蒙在一层数据化的壳子里面，通过冰冷触感的界面和他人沟通。而伊根用这种形式所讲述的故事，恰恰也是一个关于孤独和隔膜的故事。艾莉森用 PPT 呈现的是她的日常生活，从中我们了解到，他们一家人生活在荒凉的西部沙漠，她的哥哥林肯是一个患有孤独症的少年，具有很高的音乐天赋，但音乐也成为一层金属壳，把他和外界隔绝起来。在林肯身上，伊根延续了整本书里都在涉及的问题少年的主题，呼应了萨莎的少年时代，构成了她人生的另一重反复。艾莉森告诉我们，她的父母很相爱，但是他们中间始终隔着一个人，就是在他们大学时代溺水身亡的罗伯特。这段往事在他们的家庭中，犹如一个地下室的房间，艾莉森能看到那扇紧锁的房门所投下的阴影。在这个家庭里，虽然各个家庭成员之间充满了种种隔膜，但是艾莉森希望我们看到，爱还是穿过那些屏障，抵达了彼此。我们好像感觉到有一种灵魂散发的热量，从冰冷的表格边框里溢出来，打通了那些被阻隔的房间。即便是支离破碎的文字，依然具有它的魔力，生动地展现了女孩细密的心事。我们可以将这个 PPT 看作女孩内心空间的外化，它与萨莎少年时代的故事《再见，我的爱》也构成了某种呼应和反复，只不过因为时代的变迁，内心空间的搭建材料、呈现方式有了巨大的变化。但是伊根想让我们看到的并不是这些变化，而是没有被这些变化所改变的事物。

随着时间来到2020年，伊根在十几年前写下的预言似乎并未实现。至少目前来看，用文字讲故事的方式还没有被取代。但是伊根的读者并不会在意它们是否兑现、何时兑现。事实上，伊根所写的并非预言，而是一种笼罩着人类的、无限迫近的可能性。伊根将人性放置于这样的可能性里去试炼，用这个温暖的故事，表达了一种对人类情感的信赖。无论世界如何变化，无论每个人外面的金属壳有多厚，对彼此的爱总是可以从它的罅缝里钻进来，融化内心的坚冰。从某种角度说，伊根用PPT所写的小说能够打动我们，正是证明了人类情感打败了科技对其构成的威胁。这既是伊根的胜利，也是人类情感的胜利。

# 附录　参考书目


居斯塔夫·福楼拜《包法利夫人》（Gustave Flaubert：*Madame Bovary*）

简·奥斯汀《爱玛》（Jane Austen：*Emma*）

张爱玲《秧歌》（Eileen Chang：*The Rice Sprout Song*）

查尔斯·狄更斯《双城记》（Charles Dickens：*A Tale of Two Cities*）

巴尔扎克《贝姨》（Honoré De Balzac：*La Cousine Bette*）

罗洛·梅《爱与意志》（Rollo May：*Love and Will*）

理查德·耶茨《革命之路》（Richard Yates：*Revolutionary Road*）

村上春树《刺杀骑士团长》（村上春樹：騎士団長殺し）

约翰·威廉斯《斯通纳》（John Edward Williams：*Stoner*）

威廉·特雷弗《山区光棍》（William Trevor：*The Hill Bachelors*）

东野圭吾《嫌疑人 X 的献身》（東野圭吾：容疑者 X の献身）

乔纳森·弗兰岑《自由》（Jonathan Franzen：*Freedom*）

李翊云《金童玉女》（Yiyun Li：*Gold Boy, Emerald Girl*）

契诃夫《契诃夫小说全集》（第10卷）

（Anton Chekhov：*The Complete Stories of Anton Chekhov*：*Book Ten*）

契诃夫《契诃夫小说全集》（第5卷）

（Anton Chekhov：*The Complete Stories of Anton Chekhov*：*Book Five*）

契诃夫《契诃夫小说全集》（第7卷）

（Anton Chekhov：*The Complete Stories of Anton Chekhov*：*Book Seven*）

艾丽丝·门罗《逃离》（Alice Munro：*Runaway*）

艾丽丝·门罗《幸福过了头》(Alice Munro：*Too Much Happiness*)

詹姆斯·乔伊斯《都柏林人》（James Joyce：*Dubliners*）

克莱尔·吉根《南极》（Claire Keegan：*Antarctica*）

雷蒙德·卡佛《大教堂》（Raymond Carver：*Cathedral*）

列夫·托尔斯泰《战争与和平》

（ЛевНиколаевичТолстой: *Войнаимир*）

安妮·普鲁《近距离》（Annie Proulx：*Close Range*）

亨利·詹姆斯《一位女士的画像》（Henry James：*The Portrait of A Lady*）

亨利·詹姆斯《黛茜·密勒》（Henry James：*Daisy Miller*）

亨利・詹姆斯《螺丝在拧紧》（Henry James：*The Turn of the Screw*）

民间故事《一千零一夜》

（The Arabian Nights：*Tales from a Thousand and One Nights*）

罗贝托・波拉尼奥《2666》（Roberto Bolaño：2666）

威廉・福克纳《喧哗与骚动》（William Faulkner：*The Sound and the Fury*）

列夫・托尔斯泰《安娜・卡列尼娜》

（ЛевНиколаевичТолстой: *АннаКаренина*）

J.M. 库切《耻》（J.M.Coetzee：*Disgrace*）

托马斯・曼《魔山》（Thomas Mann：*Der Zauberberg*）

村上春树《当我谈跑步时，我谈些什么》

（村上春樹：走ることについて語るときに僕の語ること）

村上春树《挪威的森林》(村上春樹：ノルウェイの森)

村上春树《1Q84》（村上春樹：1Q84）

村上春树《没有色彩的多崎作和他的巡礼之年》

（村上春樹：色彩を持たない多崎つくると、彼の巡礼の年）

村上春树《寻羊冒险记》（村上春樹：羊をめぐる冒険）

苏珊·桑塔格《疾病的隐喻》

（Susan Sontag：*Illness as Metaphor and AIDS and Its Metaphors*）

村上春树《萤》（村上春樹：螢・納屋を焼く・その他の短編）

爱德华·萨义德《论晚期风格：反本质的音乐与文学》

（Edward W. Said：On Late Style：*Music and Literature Against the Grain*）

约瑟夫·坎贝尔《千面英雄》

（Joseph Campbell：*The Hero with a Thousand Faces*）

村上春树《舞！舞！舞》（村上春樹：ダンス・ダンス・ダンス）

村上春树《且听风吟》（村上春樹：风の歌を聴け）

河合隼雄《村上春树，去见河合隼雄》

（河合隼雄：村上春樹、河合隼雄に会いにいく）

村上春树《没有女人的男人们》（村上春樹：女のいない男たち）

克里斯托弗·沃格勒《作家之旅》

（Christopher Vogler：*The Writers Journey: Mythic Structure for Writers*）

斯拉沃热·齐泽克《不敢问希区柯克的，就问拉康吧》

[Slavoj Zizek：*Everything You Always Wanted to Know About Lacan*（*But Were Afraid to Ask Hitchcock*）]

弗兰茨·卡夫卡《变形记》（Franz Kafka：*Die Verwandlung*）

弗兰茨·卡夫卡《城堡》（Franz Kafka：*Das Schloss*）

弗兰茨·卡夫卡《审判》（Franz Kafka：*Der Prozess*）

大卫·米切尔《云图》（David Mitchell：*Cloud Atlas*）

威廉·萨克雷《巴里·林登》（William Makepeace Thackeray：*Barry Lyndon*）

艾丽丝·门罗《恨，友谊，追求，爱情，婚姻》

（Alice Munro：*Hateship, Friendship, Courtship, Loveship, Marriage : Stories*）

艾丽丝·门罗《爱的进程》（Alice Munro：*The Progress of Love*）

艾丽丝·门罗《亲爱的生活》（Alice Munro：*Dear Life*）

雷蒙德·卡佛《雷蒙德·卡佛短篇小说自选集》

（Raymond Carver : *Collected Stories*）

伊恩·麦克尤恩《最初的爱情，最后的仪式》

（Ian McEwan：*First Love, Last Rites*）

伊恩·麦克尤恩《水泥花园》（Ian McEwan：*The Cement Garden*）

伊恩·麦克尤恩《赎罪》（Ian McEwan：*Atonement*）

伊恩·麦克尤恩《在切瑟尔海滩上》（Ian McEwan：*On Chesil Beach*）

伊恩·麦克尤恩《儿童法案》（Ian McEwan：*The Children Act*）

伊恩·麦克尤恩《甜牙》（Ian McEwan：*Sweet Tooth*）

珍妮弗·伊根《恶棍来访》（Jennifer Egan：*A Visit from the Goon Squad*）

伊丽莎白·斯特劳特《奥丽芙·基特里奇》

（Elizabeth Strout：*Olive Kitteridge*）